タイムス文芸叢書
別冊

一九の春

中川 陽介

沖縄タイムス社

一九の春

1

退職金三万円を貰って、七年間勤めたタコス屋を辞めた。店の厨房で働いていた私は、アルバイトの女子高生に、二度大きな声を出した。三度目に大声で怒鳴り散らしたあとで、オーナーの老夫婦から、もう来ないでほしい、と言われた。

「お客さんが怯えてしまって」

そう言われた時には、我が身の情けなさに涙が出た。

収入が無いので、金を使わないよう、外出を避けている。やる事が無いので、朝から酒を飲む。四リットルのペットボトル入りで一六八〇円という、無味無臭の焼酎を買い込み、水道水で割って飲む。あたりが暗くなると、顔見知りの食料品店へ期限切れの弁当を貰いに行く。毎日揚げ物が続くが文句は言えない。その日も朝から飲みだし、昼にコザ署の宮城が私の部屋を訪れた時には、気持ちよく意識を失う寸然だった。

「電話、止められているな」

宮城は荒廃した部屋を見ても表情を変えず、床に散乱したゴミや服をかき分け、自分の座る椅子をみつけ出す。私は窓際のソファに腰掛け、宮城の行動を眺めている。宮城の服装は相変わらずの、かりゆしウェアに麻のスラックス。オールバックに撫で付けられた髪からは、安物の整髪油の匂いがしている。

宮城が立ち上がり、手近な窓を開けると、また椅子に戻る。この部屋のアルコール濃度は、相当に高いはずだ。

「珍しい。この部屋に人が来るなんて」

そう言えば、最後に来たのは誰だ？　考えたが答えは出ない。

「で、コザ署のエースが何の用だ？」

「仕事を頼もうと思ったんだが」

宮城がこちらをまっすぐ見る。私も見返す。宮城の顔が、ゆらゆらと揺れている。

「仕事、大歓迎だ。探し物は犬か、ネコか、あんたの女房か？」

顔をハッキリ見ようと、上半身を左右に揺らす。

「それじゃ無理だな」

宮城が椅子から立ち上がる。

「ちょっと待ってくれ。今は、少しだけいい調子だが」

宮城が玄関前で立ち止まり、こちらを振り向く。

「しらふの時に話をしよう。一体、いつなら酒が抜けている？」

「二時間後なら」

少し笑ってみせる。

「ウソだ。君は半年ぐらい、ずっと酔っぱらっている。いい加減どうにかしないと、本当にアル中になっちまうぞ」

「偉そうに。刑事だか警部だかしらんが、人を踏みつけて出世しやがって。いやな野郎だ」

私ではない誰かが勝手にしゃべっている。宮城は自分の靴を眺め、今すぐそれを履いて出て行くべきかと考えている。

「笑ってんだろ。アル中だ。ダメなヤツだって。わかってんだよ！」

私の投げたグラスが、玄関横の壁にぶつかり粉々に砕ける。それでも宮城は、自分の靴を見ている。

「早く帰れよ！　それとも逮捕するか？　公務執行妨害か？　また偉くなるぞ」

気分が悪くなる。数ヶ月分の二日酔いが一気に襲ってくる。

「帰ってくれ。早く、その汚らしい靴を履いて、帰ってくれよ」

それだけ言って、ソファに深くもたれ込む。

「酒を抜いて、それから署に来てくれ。仕事の話をしたい」

宮城が靴を履き、部屋を出て行った。靴音がまだ廊下に聞こえているうちに、ペットボトルを両手で取り上げ、直接口をつけ大きく一口飲む。体中にアルコールが駆けめぐり、気分が良くなる。それまで気づかなかった、誰かの怒鳴り声が聞こえる。それが自分の口から出た悪態だと気づくまでに数秒の時間が必要だった。

一週間後の昼過ぎ。コザ署の重い扉を開ける。受付で自分の名を告げ、古ぼけた黒いビニール張りソファに座る。すぐに婦警が階段を下りてきて、私を二階へと案内する。通された部屋のドアには〈会議室〉の文字。〈留置所〉でなくてほっとした。

部屋の窓からは県道二十号沿いに繁る街路樹の青葉が、手の届くところに見える。植えられている木々の名前をとって、この通りは〈くすの木通り〉と呼ばれる。窓際に立ち、歩道に落ちる初夏の木漏れ日を眺めていると、宮城が部屋に入ってくる。

「飲んでないようだな」

振り向いた私の顔を見て宮城が言う。

「朝から、だけどな」

私は目の前の椅子に腰をかける。

「大変けっこう」

宮城が机を挟んだ反対側に腰を下ろす。

「仕事って、なんだ?」

「まぁ、早い話が人探しだ」

「うん」

「ひと月ほど前、一人の男がコザ署にやってきた。昔の知り合いを探してほしい、と。対応に出た婦警が困って、私に相談に来た。警察は事件性がなければ捜査を始めることはない。婦警は男にそう話した。私も話したが、男はなかなか納得しない」

黙って頷いて、続きを促す。

「男は長いことブラジルで生活していた。だから沖縄に帰ってきても、勝手が分からず、困っている」

「どれくらい久しぶりなんだ、帰って来るのは?」

「四十年ぶりだと。で、私立探偵を雇うことを彼に提案した」

会議室のドアがノックされる。

「はい」

宮城が応えると、先ほどの婦警がお茶を持って部屋に入って来る。

「にふぇーでーびたん」

会釈して茶をすする。熱すぎず、ぬるすぎず、いい塩梅のおいしい緑茶。がっちりとした肩幅に、きつく結った髪。いい母親になりそうな娘さんだ。「失礼します」と小声で行って、婦警は部屋を出て行く。

「じゃ、仕事は、その男の四十年前の知り合いを探すことだな」

宮城がうなずく。

「手がかりは?」

「ほとんどない」

湯のみの中を覗き込みながら宮城が言う。

「いろいろ聞いてみたんだが、確実なのは、相手の名前ぐらいだな」

宮城はシャツの胸ポケットから黒い表紙のメモ帳を取り出す。

「名前は太田たえ。四十年前、ふたりは恋人同士だった。詳しい話は本人から聞いた方がいい。骨の折れる仕事かもしれんが、ギャラはいい。太田たえをみつければ、経費別で一万出す、と依頼人は言っている」

「一万？」

「ＵＳドル」

「やるよ」

即答する。

宮城がメモ帳から目を上げて言う。

「実は、今日行くと電話しておいた。なにか用があるか？　今日これから」

「あるわけないだろう」

すっかりぬるくなった緑茶を飲み干す。最近やたら喉が渇く。湯のみを机に戻す時に、右手が大きく震えたことに、宮城は気づかなかったようだ。

「じゃ、行こう」

宮城が立ち上がる。もしかしたら、気づかないフリをしてくれたのかもしれない。

「先方の名前は天願《てんがん》。天願孫良《まごよし》というんだ」

宮城が部屋を出て行く。そろそろ限界だ。六時間も酒を飲んでいない。偶然尻ポケットにトリスのポケット瓶が入っている。新しい依頼人のもとを訪れる前に、一杯引っかけておくのも悪くない。

公用ではなかったので、タクシーを使う。車内でスペアミントのガムを三枚まとめて噛む。エチケットには気を使っている。行き先は、天久新都心のテラスホテル。那覇で一番の高級ホテルに、依頼人はすでに一ヶ月滞在しているという。

チェックインカウンターの向こう側で、爽やかな笑顔を浮かべて我々を出迎えた青年に、宮城が依頼人の名前を告げる。青年はそれまでの二倍爽やかな笑顔を浮かべ、「ロビー奥のエレベーターで、十階へ。降りて右手奥の一〇〇一号室です」と告げる。

エレベーターの中では、宿泊客へのサービスとして、コンピュータによるＢＧＭが流れている。聞き覚えのある曲だが、題名が出てこない。

「これ、なんだっけ?」

宮城に尋ねる。

「知らん」

宮城は頭の上で次々に点灯する数字を、じっと見つめている。数字は「10」を示して止まり、エレベーターのドアが開く。

一〇〇一号室は、青年が言ったとおり、エレベーターを降りた右手、廊下の一番奥にあった。宮城がドア横の呼び鈴を押す。部屋の奥で上品なチャイムの音が微かに聞こえる。数秒後、ロータリー式の鍵が開き、チェーンキーを外す音が聞こえて、ドアが開く。我々を迎てくれたのは、髪の真っ白な男性だ。

「ご苦労様」

男性が私と宮城にうなずく。

一〇〇一号室は、居間と寝室がひと続きになったワンルーム。と言っても、室内は４ＬＤＫの分譲マンションよりまだ広く、置いてあるベッドは、四人家族がまとめて眠れそうな巨大サイズだ。

宮城は私と男性の間に立ち「こちら、私立探偵の新垣ジョージさん。こちら、天願孫良さん」と、双方を紹介する。

「初めまして」

天願に会釈する。天願は直立したまま、私の顔を見ている。しょうがないので私も彼の顔を見る。天願が視線を外し、私の横で同じように突っ立ったままの宮城に「この男は、ダメだ」と告げる。

「ダメですか」

宮城が微笑む。

「ワシはこういう目をした男を何人も見てきた。リオでも、サンパウロでも。酒にやられた、悲しい目だ」

天願が、私に目を戻す事なく言う。

「そうですか」

微笑んだまま、宮城が私の顔を見る。

「残念だが、そういうことだ」

天願が部屋の奥へと姿を消す。取り残された宮城と私は、五秒ほどその場に立っていたが、しょうがないので玄関へと向かう。誰も呼び止めなかったので、そのまま部屋を出て、ふかふかの絨毯が敷かれた廊下を歩き、まだ十階に停まったままのエレベーターに乗り込む。

「確かに、酒臭い」

エレベーターのドアが閉まると、宮城が言う。

「飲んでるのか？」

私の軽口を無視して「ガムを噛み続けるべきだったな」と宮城がつぶやく。

「すまなかった」

エレベーターが静かにロビー階へ下降し始める。エレベーターのＢＧＭ、今度は私にも分る。スターウォーズのテーマだ。

「スターウォーズのテーマだ」

宮城は黙って、頭上の数字を眺めている。

ロビーを出たところで、一緒に帰るか、と宮城が尋ねる。私はせっかく那覇まで出てきたので、少しぶらつく、と告げる。本当は、同じタクシーでコザまで帰るのが気詰まりだった。宮城はうなずくと、客待ちしていたタクシーに乗り込む。ぼんやり見ていると、後部座席の窓が開き、宮城が左手を出す。握手でもするのかと近づくと、その手に一万円札を持っている。

「車代」

宮城の顔を見ずに紙幣を受け取る。

「今回はしょうがない。他にも仕事はあるさ」

宮城が言う。

「ああ」

私は自分の靴を見つめている。

「スーパーマン」

宮城が言う。

「なに?」

思わず顔をあげ聞き返すと、宮城が「さっきのはスターウォーズじゃない。スーパーマンだ。よく似ているから、みな間違える」と笑う。つられて笑った。宮城はひとの感情をコントロールするのがうまい。私は救われたような気分で、走り去るタクシーを見送る。

新都心を離れ、那覇港にほど近い通堂町へと向かう。この町には、港で働く労働者相手に、驚くほど安い値段で酒と肴を出す飲み屋が数軒あって、開発の進む街の一角で、ひっそりと肩を寄せ合い、昔ながらの小さな飲食街を形成している。

私は〈でいご〉という店で、夕方から飲み始め、九時を回ったころには、おおむね店のカウンターで頬杖をついて眠り、時々目覚めては自動的に酒を口に運ぶ、という状態だった。

店の奥の座敷には、作業着姿の沖仲仕が四人いて、島酒を一升瓶でとって飲み、テビチやおでんを食べながら、お互いの給料の話や、どこそこの風俗街の話を延々と続けている。まるで波の音のように、大きくなったり小さくなったりする彼らの話し声と、有線から流れる三線のしらべが、なんとも心地よい子守唄になっている。

うとうとしていた私が目を覚ましたのは、男たちの話し声が急に聞こえなくなったからだ。帰ったのかと座敷を見ると、彼らはまだそこにいて、みなが私を見つめている。なにかしでかしたのかと思い、慌てて自分の周囲を見回す。となりに、一人の少女が座っていることに気づく。

「なんにします?」

カウンターの向こう側から、店のオヤジが娘に聞いている。どうやら娘は、今しがた店に入ってきたばかりのようだ。

「あ、この人と同じもんで」

少女が私の『菊の露』のボトルと水割りセットを見て言う。

「お連れさん?」

オヤジが私に視線を移して尋ねる。

「おっ?」

私は最初にオヤジを、それから少女を見る。

「そう」

少女が私の代わりに答え、にっこりと笑う。オヤジは納得したのか、グラスを少女の前に置くと、突き出しを用意するために店の調理場へと消える。男たちは、私と小女との関係に多少の感心を向けつつも、話の続きに戻り、相変わらず有線は沖縄民謡を低い音量で流している。

「飲むのか?」

少女に尋ねる。

「あ、うん」

少女が水割りを作る。グラスにいれた泡盛があまりにも少なくて、味がするのかと心配になったが、黙っておく。

えりに黄色いストライプの入った、焦げ茶のポロシャツ。膝に穴のあいたジーンズ。白いキャンパス地のデッキシューズ。格好だけ見ればごく普通のお嬢さんだが、目を引くのは髪の毛だ。

金髪かと思ったが、そうではなく、真っ白に脱色されている。眉毛は黒いので、もとは黒髪なのだろう。なんとも不思議な印象だ。

「ゴチです」

目の高さにあげたグラスはそのまま机に置き、割り箸をパチンと割って、ダイコンの煮付けをぺろりと一口で食べる。それは私の突き出しだ。

「腹が減ってるのか?」

「チョー減ってる」

少女が笑顔を見せる。屈託のない、明るい笑顔。商売で笑っているようにはみえない。

「なにか食うか」

「食う、食う」

少女はちょうど調理場から出てきたオヤジに「フーチャンプル、お願いします」と告げ、目の前に置かれた突き出しの小鉢をまたも一口で平らげる。

「待ち合わせか?」

私の問いに、少女は口をもぐもぐさせながら首を振り「そっちは?」と尋ねる。

「ひとりだ」

私は少女に答えてグラスに口をつける。飲みながら、急速に酔いが醒めてゆくのが分かる。なにかが私を緊張させている。少女の存在が気になっているのか。形のいい唇に、すっと通った鼻梁。自分の身の回りに起こったことはすべて見逃すまいとしている大きな瞳。真っ白アタマさえ気にしなければ、テレビや雑誌の世界でも、十分に活躍しそうな美人さんだ。しかし、それが原因ではない。少女の表情を盗み見る。瞳の中に、かすかだが、なにかが宿っている。怯え、もしくは焦り。

「なに?」

少女が私を見る。

「なにが?」

「なんか、急にマジになった」

「そうか?」

生暖かい潮風が店の中に流れ込む。店の引き戸が開いたのだ。店に入ってきたのは、髪を明るい茶色に染めた男で、年齢は二十代後半。白いシャツと黒のスラックスを身につけ、つま先の尖った靴でキメている。シャツの胸ポケットから垂れ下がる携帯ストラップが、ファッションを安っぽいものにしていて残念だ。少女に視線を移す。知らん顔で水割りをちびちび飲んでいる。

茶髪男は店に入ると、カウンターと座敷との中間地点で立ち止まり、店の中をぐるりと見回す。視界には、当然カウンターの少女も入ったはずだが、少女が透明人間であるかのように無視して、店を出て行く。店内滞在時間は五秒程度。整髪料のきつい匂いが、店内に残る。

「なんじゃ、あいつは」

「松山のぽん引きじゃねえか」

座敷席の男たちがあっけに取られた表情で若い男を見送る。少女の無関心と、茶髪男の完全無視。両方が不自然に思える。

「追われてる?」

少女はこくんとうなずき、硬い表情で肩越しに外の様子をちらりと見る。外に出た茶髪男は、さっそく携帯で獲物の居場所を仲間たちに教えているはずだ。

「ヤツは一人だ。逃げるなら今しかない」

私は言って、少女の表情を見る。瞳に浮かんでいた怯えの色が消え、強い意志が宿っている。少女は真剣な表情で頷くと、私とともに立ち上がる。私は少女を連れてカウンターの端から厨房の中へと歩いてゆく。沖仲仕たちは会話をやめ、こちらに注目している。厨房の中では、オヤジができたてのフーチャンプルを中華鍋から皿へと移し替えている。

「すまん。ちょっとワケありで。ウラから出てもいいか?」

オヤジに五千円札を渡す。

「釣りはいい」

オヤジは札をズボンのポケットにしまうと、裏口の方向を顎で示す。厨房を突っ切り店の裏口へと急ぐ。脂ぎった床で滑らないよう注意しつつ、〈でいご〉の裏口から外に出る。そこはひとひとりがやっと通れるほどの細い路地になっていて、飲食街の他の店の裏口も、みなその路地に面している。

少女に目線で進行方向を示し、黙って歩き出す。方向からすれば、この路地を行けば〈でいご〉の正面入り口の、ちょうど反対側の車道に出られるはずだ。幸い店の中の様子は、正面入り口の引き戸を開けない限り、外からはうかがい知れない。茶髪男が一人なら、正面入り口で身動きがとれない。

ビールのケースや、段ボール箱が積まれた狭い路地の谷間に、街灯に照らされた向こう側の車道が見えてくる。振り向くと、少女が真剣な表情でついてくる。その遥か向こう、〈でいご〉の裏口あたりに人影が見える。先ほどの茶髪男だ。こちらに気づき小走りになって追ってくる。私たちも走り出す。

あと数メートルで向こう側の車道に出る、というところで、進行方向に新たな人影が現れ、行く手を阻むように立ちはだかる。その場で回れ右をして、今来た道を逆に走る。茶髪男は自分に向かって走ってくる私たちが何を企んでいるのかと探っているようで、その場を動かない。

茶髪男の十メートルほど手前で立ち止まり、目の前にあったドアノブをまわす。鍵はかかってない。ドアを開け、少女とともに店の中へと飛び込む。

ドアの向こうはスナックの厨房だ。うしろ手でドアを閉め鍵をかける。厨房を出たところがカウンターになっており、カウンターの内側にママさん、スツールに腰掛けて男性客が一人。初老の男性は店の壁に設置されたモニターに映し出される歌詞を追いながら、鶴田浩二を歌っている。

突然の乱入にママが驚きの声をあげる。「すまん、すまん」と詫びながらカウンターをくぐり、客席を通り抜け、店の外へと走り出る。

振り向くと、少女がぴったりと私の後を追ってきていて、店の中の男は、マイクを持ち口をぽっかり開けたまま、こちらを見ている。

私と少女は、目の前に現れる路地に次々に飛び込んでジグザグに走る。額に汗がにじみ、足がもつれそうになったころ、ようやく目の前に広い車道が現れる。手前で立ち止まり、路地から顔だけ出してあたりを見回す。

左手には那覇港に面して建つホテル〈ロワジール〉の正面玄関が、右手にはモノレールの高架が見えている。周囲を警戒しながら高架に向かって歩き出す。うしろから空車ランプを灯したタクシーが来たので、手を上げ乗り込む。

「どちらまで」

運転手が尋ねる。

「金は?」

少女が黙ってクビを振る。私の所持金も、残り二千円と少し。しかし、那覇は出たい。

「コザまで」

運ちゃんに告げる。

運ちゃんはルームミラーで、一瞬私の顔を値踏みすると、すぐにギアをローからセカンド、さらにサードへとせわしなく放り込んで、ガラガラの車道を五八号に向かって猛ダッシュさせる。私と少女が揃って振り返り、車の窓ごしに路上を見る。茶髪男と、もう一人の男が路地から飛び出してきて、周囲を見回している。彼らはこの車に気づいていない。私たちはタクシーの座席に深く座り直す。

「久々に走った」

タクシーの窓を全開にする。額から汗が流れ落ちる。

「たすかった」

荒い息をしながら、とぎれとぎれに少女が言う。

「しかし、面白かった」

少女が言って私の顔を見る。

「ほら、あのオヤジの顔！　カラオケ歌ってた！」

少女がプッと吹き出す。私もつられて笑う。私たちは顔を見合わせ、大きな声で笑った。運ちゃんに怒られるまで、ずっとだ。

国道三三〇号を宜野湾方面から北上してきたタクシーは、胡屋十字路を左折したところで速度を落とし、歩道に寄って停車した。少女は少し前から窓に頭を持たせかけて眠っている。時刻は深夜一時。

思ったとおり、ゴヤ中央市場の中程に屋台が出ている。私はその場にタクシーを待たせ、道路を横断して屋台へと向かう。

〈よねさか屋〉と言う名のその店には、以前私は毎晩のように顔を出していた。酒の席で何度か騒ぎを起こしたあとは、御無沙汰している。店で飲んでいる客の中に、借金を頼めるほど親しい知り合いはいない。私はよねさか屋の親父にタクシー代の立て替えを頼む。「いいよ」と米坂学は笑顔で言って、三千円を貸してくれる。何度も迷惑をかけたのに、この男は、以前と同じ穏やかな笑顔で私に接してくれる。黙って頭を下げ、タクシーに戻る。

タクシーの客席に少女の姿はなかった。運ちゃんは金を受け取ると、私の顔をちらりと見て、無言のままドアを閉める。釣り銭をポケットにしまい、自分の部屋へ向かって歩き出す。

中央パークアベニューの途中まで来ると、それ以上歩くことがつらくなり、歩道上のベンチに腰を下ろす。息切れがして目がまわり、気分がとても悪い。

六月最初の週に梅雨が明け、コザの街は連日厳しい暑さに見舞われている。足下のコンクリートブロックも、昼間の熱をたっぷりと蓄えていて、真夜中をとっくに過ぎているというのに、街全体がひどく蒸し暑い。

部屋まであと五分、という場所にいるのだが、ベンチから立ち上がれない。私の体はどうなってしまったのか。ほんの数分走っただけで、ふくらはぎはけいれんし、くるぶしがひどく痛む。痰が絡み、咳が止まらない。それでも、部屋に戻れば、また酒を飲み、酔いつぶれて眠るのだろう。

すべてが億劫になり、ベンチの上でごろりと横になる。どこかで自動販売機がごとんと大きな音を立てる。続いてもう一度。あまりの寝苦しさに、誰かがジュースでも買いに出たのか。そう考えながら目をつむっていると、突然、頬に冷たいものが押し当てられる。小さな叫び声とともに、起き上がる。先ほどの少女が、両手に缶コーラを持って立っている。

「なんだ。いたのか」

ベンチに座り直す。

「ほい」

少女が左手に持っていたコーラを差し出す。

「ありがとう」

プルタブを押し上げて一口飲む。炭酸の細かな泡が勢いよく口の中に広がり、ぐっと気分がよくなる。少女はベンチ前の歩道にぺたりと腰を下ろし、コーラを一口。

「どこに行ってた?」

少女は「そこらへん」と答え、顔を左に向けて、パークアベニューを上ってくる車のヘッドライトに目を細める。

「今夜はもう遅い。知り合いのホテルがある。そこに泊まるといい。古いが清潔ではある。オーナーのじいさんもいい人間だ。困った事態になっているなら、明日話を聞いてもいい」

少女はコーラを飲みながら顔を右に向け、車のテールランプを見送っている。

「まぁ、力になれるかどうかはわからんが」

「だいじょうぶか?」

少女がようやく口をひらく。

「うん?」

「顔、真っ青」

「そうか」

思わず手の甲で、自分の額をこする。

少女がもう一口コーラをごくり。

「そんなに遠くはない。一緒に行こう」

「いいよ」

少女が立ち上がり、ゆっくりコリンザ方面へ歩き出す。

「あてはあるのか？」

少女の背中に尋ねる。少女は何も言わず、左腕をあげると、ばいばいと手を振り、しばらく歩いてから振り向く。

「君、名前は？」

「ジョージ。新垣ジョージだ」

少女に届くように、少し大きな声で言う。

「あたしは、ゆう。知花柚」

少女がくるりと体をまわし、深夜のコザに消えて行く。私は残っていたコーラを飲み干し、ゆっくりと自分の部屋へと歩き出す。相変わらず体の調子は最低だが、気分は少しだけ良くなった。

2

うだるような暑さの中で目を覚ます。壁の時計は午後一時を過ぎている。閉め切った部屋の中は、降り注ぐ午後の日差しのせいで、高温サウナと化している。

ベッドからシャワーへ直行する。水道水が冷たかったのは、夜間、水道管の中に留まっていた分が出ている時だけで、屋上の水タンクの水が出始めると、すぐにお湯になる。

シャワーから出て部屋中の窓を開け放つ。通り抜ける風がいくぶん涼しく感じられる。バスタオルを腰に巻き、まともな衣服を探す。シャツやズボンはどれもアルコールの匂いがしみ込んでいて、とても着られる状態ではなかった。

私の部屋は、築五十年近いアパートの二階にある。同じフロアにあと五つ部屋があるが、今現在、ほかに住人はいない。都合のよいことに、一階にコインランドリーが入っている。

腰にタオルを巻いたまま、床に散らばる洋服を集め、コインランドリーへと運ぶ。すべての汚れた洋服とシーツ、枕カバー、タオル類を運ぶために、階段を三回降りて、二回登らなければならなかった。幸いコインランドリーに他の客はいない。私は設置されている四台の洗濯機すべてにコインを投入し、マシンすべてが仕事を始めたことを確認し、もう一度、階段を登る。

洗濯を待つ間、ゴミを袋に放り込む。袋は全部で七つになり、床の上には焼酎の巨大ペットボトルが大量に残される。中身がどこに消えたのかは考えないで、容器を片っ端から踏みつぶす。

全貌を表した部屋の床を、しぼった雑巾でふきあげる。テーブルに置きっ放しだった食器も台所に運び、すべて洗う。

掃除を終え、一階のコインランドリーに戻り、衣服やシーツを屋上へ運ぶ。屋上には、かつての住人たちが使っていた物干し台が残っている。古びて切れそうなナイロン製の洗濯ロープに、洗濯物を干してゆく。最後に靴下を洗濯バサミで留めると、屋上は私の洗濯物で占領された。初夏の日差しは恐ろしく強い。一時間もすればすべての洗濯物がからからに乾くはずだ。真っ青な空にひるがえる洗濯物を眺めてから、部屋へ戻る。

部屋の前に宮城がいて、私を認めうなずく。脇を通り抜けて部屋に入り「入ってくれ」と言う。

「それより今から出られるか？　例の天願さん、やっぱり手助けしてほしいと言うんだ。

もう一度あんたと話したいそうだ」

「困ったな。洋服、みんな洗っちまって」

「それでそういう格好なのか」

私の腰タオル姿に初めて気づいたかのように宮城が言う。

「そういうわけだ」

私と宮城は洋服が乾くまで、屋上で待つことにする。その間、コザの空は真っ青で、乾いた南風がずっと洗濯物を揺らしていた。


午後三時。洗い立てのボタンダウンにチノを身につけ、昨日と同じナハテラス、一〇〇一号室にいる。昨日と違っているのは、宮城が部屋に入らず帰ったこと、室内に通されソファに座ることを許されたこと、そして、目の前のテーブルにコーヒーが置かれていて、すばらしい香りが部屋の中に立ちこめている、といったところだ。

天願孫良は、白いワイシャツ、グレイのスラックスに黒い革靴をはいていて、外見だけなら市役所の役人といったところだが、シャツからのぞく太い腕と、日焼けした皮膚が、彼が長年にわたり体を使ってきた労働者であることを示している。

「うちの豆だ」

天願孫良がコーヒーカップに口をつける。ひとくち味わうと、私に銀製の容器に入ったミルクと砂糖をすすめる。

「さぁ」

私がコーヒーカップに口をつけるのを待っている。飲んでみる。若干の焦げ臭さの後からやってくる華やかな香り。深みのあるこくと、熟れた果実のような甘み。一瞬で、体の隅々に強烈なカフェインがゆきわたる。今まで飲んできたコーヒーとは全く別物の「なにか」を味わったような気がする。

「水がよければ、もっとうまくなる」

天願は残っていたコーヒーを口に含み、すぐには飲み込まずに、しばらく口の中で転がしている。

「十分に美味しいです」

本心だ。

天願が頷き、コーヒーをごくりと飲み込む。

「向こうでは、コーヒー豆専門で？」

「そう。農薬を使わない、有機農法だ」

「なるほど」

「ここまで来るのが大変だった。病気にやられたり、害虫にやられたりしてな。それでも私は薬を使わなかった。それが最近、ようやく認められた。今では北米最大のオーガニック専門スーパーが、うちの豆を全部買い上げてくれる」

「そりゃすごい」

「今の世の中、安全のためなら少々値が張ってもみんな金を出す。魚も、肉も、野菜も。コーヒーだって同じだ。君だって農薬漬けのコーヒーなど、飲みたくないだろう」

「そうですね」

「今までのブラジル農業がひどすぎた。あるったけの農薬を畑にぶちまけて。いや、そんなことより、仕事の話をせんとな」

天願がカップをテーブルの上に戻し、椅子に座り直す。

「さて、なにから話せばいいのかな」

「四十年前のお二人の関係から話してください。何でも、自由に、思いつくままに。話の中から、何か手がかりをみつけられるかもしれません」

「最初に記憶にあるのは、小学校の教室だ。静かな、無口な女の子で、名前は太田たえ、といった。六十年以上も前の話だ。二人とも同じ村に住んでいた」

天願が言葉を切る。部屋の西側は、腰の高さから天井までの大きな窓になっており、外には、那覇港にかかる泊大橋、その向こうの東シナ海が見渡せる。天願は目を細め、強い午後の日差しを反射する大海原の、さらに向こうにある遠い記憶を見つめている。

「ついこの前戦争が終わったばかりだというのに、小学校だけは、何よりも先に再開された。教科書はガリ版刷り、教室は米軍のかまぼこ兵舎。でも、私は毎日の食べ物を手に入れるのに忙しくて、学校には滅多に行けなかった。なのに、不思議と太田たえのことはよく覚えていてな」

「そうですか」

「境遇が似ていた。戦争で親兄弟なくして、私はじいさんに、彼女は伯父さんに育てられてた。家も近かったから、なんとなくいつも一緒にいるようになって。よく遊んだもんだ。じいさんに、空き缶とパラシュートの糸で、三線作ってもらって」

「お二人が住んでいらした村の名前は？」

「北中城の島袋だ。そう言えば君は胡屋だって？」

天願が私に視線を戻す。

「刑事に聞いた。君のお父上のことも。それで、もう一度、会ってみようと思ったんだ」

「そうですか」

「お父上は元気?」

「そう聞いています」

「君はお父上とはあまりうまくいってないと、刑事が言ってた」

「その通りです」

「お父上はこの国の歴史の上では決して忘れてはいけない偉大な人だ。六十年代、誰もがヤマトか、アメリカか、といっていた時代に、ひとり琉球独立を唱えていた。多くの若者が君のお父上、新垣栄吉先生の言葉に胸を熱くしたものだ」

「そうですか」

「『祖国復帰の祖国とは、ヤマトのことではない。我々の祖国は琉球王国である』とね。もちろん、私も新垣先生の言葉に涙した一人さ。ヤマトが嫌いだったからな。戦争で親類を殺されたものは、みな嫌っていたさ、ヤマトもアメリカーも。そういえば、お母様は、確かベトナムのかたで、反戦運動をなさっていたはず」

「ずいぶん前に他界いたしました」

「それは残念でした。とにかく、私は帰る前に、ぜひ一度お父上にお会いしたいと思っている」

「父は首里におりますので、そちらへおいで下さい。それより話の続きを」

「そうだったな。小学校で同級だった私と太田たえは、しょっちゅう一緒に遊んでいた、というところまで話したな。そのあと、私は那覇の親戚の家に引き取られることになった。太田たえとも、それ以来疎遠になってしまった。ところが、だ」

天願はコーヒーを一口飲み、カップをテーブルに置く。

「ところが、それから十年以上たったある日、偶然彼女と再会してな。場所は吉原だった。今でも繁盛しているそうだな、あの一帯は」

「そのようです」

「あのころの吉原は米兵相手の花街で、すごい活気だった。ペイディになると、町の中の細い山道を、フォードやGMが列を作って上ってきてな。すごい、すごいって噂を聞いて、私も冷やかしに行ったんだ。ちょうど、二十歳になるかならないか、って時だ。そこで、私は太田たえに会った」

天願が西側の窓に目をやる。時刻は午後四時。衰えを知らない午後の太陽が、東シナ海の上をゆっくりと西へと移動している。多分、アスファルトの上の温度は四十度を超え、今日も真夏日になっているのだろう。しかし、ホテルの部屋の中は、あくまでも涼しく、そして静かだ。

「会った時に、すぐにわかった。太田たえは、子供のころと同じ表情で、店の入り口に立っていた。今にも笑い出しそうなのをこらえている、そんな表情だ。子供のころから彼女、いつもそうなんだ。いじめられた時も、なぜか笑いをこらえているような、不思議な表情をしているんだ」

「そうですか」

「もちろん、彼女は客を引くために立っていた。懐かしさもあり、昔から彼女が好きだったこともあって、通うようになった。最初は月に一度、そのうち毎週顔を出すようになって。話してみると、二人とも同じような道を歩いていた。どこの家族も自分たちが食べていくだけで精一杯。わしらのような孤児は、お荷物扱いだった。そんな身の上話をしているうちに、お互い、強く惹かれるようになった。できれば一緒になりたいと考えた」

天願は言葉を切り、遠い過去の世界にたたずんでいる。

「彼女は店に借金があったが、たいした額じゃあなかった。だからその気になればいつでも辞められた。それで、二人で那覇に部屋を借りて、新しい生活を始めようか、と話していたんだ。ところが、ちょうどそのころ、私はある事件を起こして、米軍に追われる身になってしまったんだ」

「事件？」

「あのころの沖縄は、住民運動が盛り上がっていてな。それというのも、アメリカーがあまりにも横暴だったからだ。選挙で選ばれた知事は勝手に首にする。新しい基地を作るために、力づくで農地を接収する。日の丸禁止、集会禁止。あげくの果てに住民への暴行事件に飛行機の墜落事故」

「まぁ、今もあまり変わりませんがね」

「その年、アイゼンハワーが沖縄に来た。ヤツら、嘉手納に着陸したあと、国道一号を那覇までパレードするという。わしらは那覇の町を占拠して、ヤツらを入れまいとした。わしはデモ隊の一番先頭にいた。向こうから米兵が行進してきた。ヤツら自動小銃をちらつかせて、どけ、と言う。わしは頭にきて、日の丸を背中にさして、乗り捨ててあったバイクで突っ込んだ。アメリカーの中へな」

「危なかったですね」

「MPが血相を変えて追ってきた。その場はなんとか逃げ切ったが、翌日もしつこく追ってきてな。身の危険を感じて、ちょうど募集していたブラジル移民に応募して、沖縄から逃げ出したんだ」

「なるほど」

「あのころの米軍は、そりゃあ怖かった。朝鮮戦争もあって殺気立っていて。ちょっとした盗みで住民を射殺したりして。それで太田たえと連絡とる暇もなく、一目散に逃げ出したんだ」

天願は一息入れると、椅子に深く腰掛ける。

「ほとぼり冷めたら帰るつもりだった。帰りの船賃なんてすぐにどうにかなると思ってた。でも、まとまった金は、そう簡単に作れるもんじゃない。あっという間に五年、十年、どんどん沖縄が遠くに思えてきて。そのうちに結婚したり、子供ができたりで、気がつけば四十年だ」

「四十年」

「正直、ほんの数年前までずっと生活苦しかった。食べてゆくのがやっとという状態だ。

風向きが変わったのは、さっき話したコーヒーの有機栽培が世の中に認められてからだな。あれで私は救われた。本当はね。貧乏で農薬を買う金すらなかったんだ。時代のおかげでいい商売になった。家も新築できたし、こうやって生まれ故郷に帰っても来れた。ここまで来るのに四十年かかった。というわけだ。それが長かったのか、短かったのかは、私にはわからん」

天願は右手を頭にやり「いつの間にか、髪の毛もこれこの通り真っ白。まるで浦島太郎だ」と小さく笑う。私は言うべき言葉が見つからず、黙っていた。

「この歳になって、ふと振り向くと、すぐ近くに太田たえがいた。畑で豆を眺めたり、雑草を抜いたりしていると、何度もたえの顔が浮かんでな。笑い出すのをこらえているような、あの表情が」

「そうですか」

「それで、死んでしまう前に、もう一度だけ、彼女に会ってみたいと、そう思った。幸せにしてるなら、それでいい。会わない方がいいのなら、そのまま帰ろう。でも、もし、不幸にしているのなら、なにか私にしてあげることがあるのなら、及ばずながらこの私が助けてあげたい、力になってあげたいと、そう思って帰ってきた」

「なるほど」

話を終えた天願が、ソファに身を沈める。

「こんなとりとめもない昔話で、手がかりがつかめるのかな？」

天願が言って私を見る。

「方向性は」

「差し支えなければ、まず何から手をつけるのか、聞かせてもらえないかな」

「まずは、島袋の町ですね。そこでお二人の血縁関係を追います」

「うちはじいさんが亡くなって、もう誰も残っておらんよ」

「では、太田たえさんのご親族を探します。先ほどお二人の家は近かったとおっしゃいましたね」

「ああ」

「島袋に行ってみればわかりますかね。家があった場所が」

「実は、もう行ってみたんだ、島袋」

「そうですか。で？」

「二度、出かけていって、ずいぶんとあの界隈を歩いた。まったくわからなかった。じいさんが住んでた家だけじゃない。山も川も田んぼも、何もかもすっかり変わっちまって。ただ、プラザハウスには驚いた。建物は新しくなってるが、あれは昔からあそこにあった」

「そうですか」

「わしは、あそこが開店した日も覚えとる。マリーンの軍楽隊が来て、そりゃあ派手なもんだった」

「もう行かれたんですね、島袋。とにかくあの集落を片っ端からあたってみます。太田たえさんの名前をたよりに。それと地元の小学校。学校ってのは、案外古い資料が残っているんです。名簿や住所録。そこから彼女の家族の消息を追ってみます」

「うまくいきそうだな」

「報酬についてご説明しましょう」

「いいよ。頼むことにしよう。昨日はたまたま飲んでいただけのようだからな」

「お恥ずかしいところをお見せしました」

「気をつけた方がいい。たかが酒と甘く見ていると、大変なことになる。サンパウロの日系社会でも、問題になっている。若者のアルコールが」

天願は話しながら部屋の奥へと歩いてゆき、私の視界から消える。しばらく部屋の奥で、クロゼットを開けたり閉めたりする音がして、再びソファセットに戻ってくる。

「じゃあ、これ」

天願が白い封筒をテーブルの上に置く。

「手付金だ。三千ドル入っている。足りるかな？」

「十分です」

封筒を手に取り、「失礼」とことわって中をあらためる。百ドル紙幣が三十枚。手の切れるような新札だ。

「円を持つのがいやでな。支払いはカードかドルにしておる。足りなくなったら言ってくれ。君のことは無条件で信用している」

「ありがとうございます」

「君のお父上を知っている者なら、だれでもそうするだろう。では、よろしく頼む」

天願が立ち上がる。

私も立ち上がり「もし、急にあなたに連絡をとりたい場合は、私はどうすればいいのですか」と尋ねる。

「ほとんどの時間、この部屋にいる。出かけているときはフロントに言付けてくれ。なんとかしてくれる。それぐらいの心付けは渡してある」

「わかりました」

「お父上によろしく」

「もし会うことがあれば、伝えます」

ドアまで見送ってくれた天願に会釈し、一〇〇一号室を後にする。

エレベーターの中で、ズボンの後ろポケットから封筒を取り出し、真新しい百ドル札を眺める。ドル特有の、緑のインクがぷんと匂う。今日の為替レートはどれくらいだろう。心から円安を祈る。エレベーターのBGMにあわせ、知らず知らずのうちに口笛を吹いていた。曲名は宮城に聞くまでもない。「ロッキーのテーマ」だ。

3

コザに帰り、まっすぐ部屋に戻る。祝杯をあげたい気分だが、尻ポケットのドルが気になってしょうがない。

アパートの階段を上ってゆくと、二階廊下に人影がある。人影は、膝を抱えてぺたりと床に座り込み、ひざがしらに頭を持たせかけている。その髪の毛は、見覚えのある白だ。わざと足音をたてて残りの階段を上る。白い頭がビクッと動く。

「よう」

部屋のドアを開けながら、知花柚を横目で見る。

「ども」

柚が寝ぼけ顔で言う。

「よくわかったな、ここが」

「つけたんだ」

柚が立ち上がり、猫のように全身で伸びをする。私は開けたドアの方に頭をかしげ、入るか？　と身振りで尋ねる。柚は頷くと、私の前を通り過ぎ、部屋に入る。

「あれからどうした？」

「寝たよ、公園で。蚊がすごくて、まいった」

柚の声を聞きながら寝室に入り、封筒から百ドル札を一枚だけ取り出し、残りをベッドサイドの引き出しにしまう。

「これからどうするんだ?」

リビングに戻り、知花柚に尋ねる。

「わかんない」

柚は東側の窓から外を眺めている。窓からはコザの東に広がる泡瀬の灯火が見えるはずだ。

「つけられていたとはな」

「気づかなかった?」

「全然」

柚はまだ窓の外を見ている。

「だろうね。すっごくふらついてたもの」

「酔っぱらっていたんだ。しかたない」

「酒飲んで走ったりするから」

「誰のせいだ」

「ね、お腹減らない?」

「飲みたい気分だ」

「飲めて食べれるところに行けばいい」

「よし。じゃ出よう」

一緒に部屋を出て、夜のコザを国道三三〇方面へ向かう。

「おとなしいな」

「気持ち悪い。腹が減りすぎて」

「どれくらい食べてないんだ?」

「昨日の夜、フーチャンプルを食べ損なってから、ずっとだ」

「そりゃ大変だ。タクシーを奢ろう」

「だいじょうぶ?」

「仕事が入った」

「そうか」

柚が安心したように笑顔をみせ、目の前に停まったタクシーの後部座席に滑り込む。

「きみの仕事って、なんだ?」

柚は車窓からコザの町並みを眺めている。

「探偵だ」

「まぁた。素人に尾行されても気づかない探偵なんて」

「悪かったな」

「今、どこに、向かってる?」

「任せとけ」

タクシーは国道三三〇号を北上、コザ十字路を右折。高原の交差点を左折して、泡瀬の街へと入っていく。

燃えるたいまつ、ハワイアンソングの甘い調べ。目の前の鉄板では、大きなコック帽をかぶった兄さんが、華麗な包丁さばきでステーキを焼いている。客は、私たち以外、オール観光客だ。

「どうしてこの店なんだよ」

知花柚は、コックの兄さんには愛想のいい笑顔を見せていたくせに、私にはひどく怒った顔で言う。

「嫌なのか?」

「観光客ばっかだ」

「我慢しろ。今日はドルしか持ってないんだ」

「ここはドル、ＯＫなのか？」

「もともとは米兵相手の店だからな」

二杯目のバーボンソーダを飲み干す。

「おかわりは？」

巨大な包丁でステーキをリズミカルに切り分けながら、コックの兄さんが私に尋ねる。

「もらうよ」

兄さんは、セーラー服姿のウェイトレスに素早くオーダーを告げる。目の前の鉄板の上では、付け合わせの野菜類が、これまたリズミカルにカットされてゆく。最後に二丁拳銃よろしく腰に差していた岩塩とブラックペパーのミルをくるくるとまわしながら取り出し、私たちのステーキに味付けを施してくれたときには、危うく拍手しそうになった。

目の前の皿に、ステーキと野菜類が美しく盛りつけられる。兄さんは「ごゆっくりお楽しみください」と笑顔で言って厨房へと帰ってゆく。横を見ると、早くも柚がステーキを白飯の上に置いて、がつがつとかっ込んでいる。

「文句のわりによく食う」

柚は口いっぱいに肉をほおばり「んめ」。

食事を終え、知花柚の話を聞く。彼女はコーヒーを、私はバーボンをロックで飲んでいる。

「歌を歌ってたんだ。那覇のちっちゃなライブハウスでさ。で、スカウトされたんだ。デビューさせるからって」

柚はカップにクリームと砂糖を入れ、くるくるとかき混ぜる。

「でも、事務所が最悪でさ。だから辞めるって言ったんだ。なのに、奴らしつこくてさ。考え直せって。で、逃げ出したんだ。そしたら、追いかけてきてさ。それが昨日のことなんだ」

「お前、よっぽど才能があるんだな」

「ならいいんだけどさ。あたしも少しは考えるんだけど、さ」

「違うのか」

柚がコーヒーをかき混ぜるのをやめ、スプーンをソーサーに置く。飲む気はないようだ。

「そこのプロデューサーが、あたしに惚れたって言うんだ。最初はこっちもさ、売り出してくれるかもって欲があったから、いい顔してたんだ。そしたら、そのうちマジにヤバくなってきてさ」

「ヤバい？」

「わかるだろ。これ以上近づくなってオーラ出してるのに、全然、気づかなくって、自分勝手に盛り上がっちゃってさ。いい歳して、もう、いい加減にしろよ！　ってな感じだよ」

「いい歳って、いくつなんだ？」

「四十だよ、四十。しかもそいつ、奥さんまでいるんだ。ったく、どういう了見してんだか」

柚はグラスに残った氷を口に含みガリガリと噛み砕く。

「話の続きは部屋で聞こうか」

「どっちでもいいけど」

「実は、もう少しアルコールが必要なんだが、手持ちの金が尽きた」

「そうか。じゃあ出よう」

柚が立ち上がりながら無邪気な笑顔を見せる。

「どうした？」

柚に尋ねる。

「いや、うまかった。もう一回同じもん食えるな」

「痩せの大食いだ」

「若さってもんだ。おじさんにはわかるめえ」

「安心しろ。すぐに年とって、すぐに太る」

「なんてひどいことを！」

私たちは掛け合い漫才のような会話を続けながらキャッシャーへと向かう。


大掃除のおかげで、部屋の中はすこぶる清潔、快適だ。いつもの激安焼酎に氷をいれ、オンザロックで飲む。柚も欲しいというので、同じものを作る。一口飲んだ柚は、顔をしかめてグラスを置き、部屋を出ると、近くの自販機でダイエットコーラを買ってくる。

「うん、こりゃいけるわ」

焼酎をコーラで割って、ちびちび飲んでいる。

「一つ聞いてもいいかな？」

「なに？」

「那覇で君を追っていたのは、音楽事務所の人間には見えなかった」

「そうそう。私も驚いた。なんかヤクザっぽい感じだった」

「誰だか知ってる？」

「初めて見た」

「人を雇ってまで君を追うなら、そうとうしつこいぞ」

「だから、ヤバいんだって。今まで何人も事務所の女の子が泣かされてるんだ。どうしようもないセクハラ野郎なんだ」

「で、これからどうする？」

「とりあえず仕事見つけて、ほとぼりが冷めるまでおとなしくしてる」

「それは、セクハラプロデューサーがあきらめて、君を探さなくなるまで、という意味か」

「そう」

「仕事はなにを？」

「なんでも。コンビニの店員、居酒屋の店員、スタバの店員」

「店員ばっかだな」

「しょうがないでしょ。短期だもの」

「親もとには帰らんのか？」

「父親はとっくの昔に女つくって家出ちゃってるし、母親は飲み屋やってるんだけど、飲みすぎてアルコール依存症になっちゃったし。とにかく、私のことは全然無関心。大体、二人とも宮古にいるし」

「そうか。宮古なのか」

「それより、君の本当の仕事、何なの？」

柚が焼酎コーラをちびちび。

「だから、探偵だ」

「まぁた。沖縄に探偵なんているの？」

「ああ。組合だってある」

「へー。じゃあ今日決まった仕事って、なに？」

「初恋の人探しだ。四十年間ブラジルにいた男性が、初恋の人を捜しに帰国している」

「まぁ！　ロマンティック」

「思い出は思い出のままのほうがいい場合もある」

「ふーん」

柚が立ち上がり、ぐるりと私の部屋を見回す。

「今度はなんだ」

「案外、奇麗にしてるなーと思って。そうか！　ね、アタシしばらくここにいようかな。いいじゃん。掃除とかするし、ちゃんと金もいれるよ。それに、君も信用できそうだし」

柚が瞳を輝かせる。

「バカ言ってるんじゃない」

「じゃあ今夜もあの公園か」

柚がうつむいて腕をぽりぽり掻く。

「キンカン、貸してやるよ」

「何だよ！」

「しょうがねえなぁ。今晩だけだぞ。そこのソファ」

「助かる」

「全く、今まではどこに住んでいたんだ？」

「プロダクションの寮。でも今さら戻れないし」

「明日はちゃんと部屋、探せよ」

「わかったって。じゃ、シャワー借りる」

柚が言って立ち上がる。

「三日入ってないんだ。頼むよ」

「しょうがないな。用意してくるから、その間にそこのソファの上片付けて、寝れるようにしておけ」

　立ち上がった時に少しふらついたが、泥酔とまではいっていない。シャワールームに行き、新しい石けんとタオルを用意する。リビングに戻ると、柚は床で体を丸め、寝息を立てている。

「こんなとこで寝るな」

　柚の肩を揺する。真っ白な髪の毛が、頭皮ごとずるりと動く。心底驚いて、持ち上げていた柚の肩を離す。柚の後頭部が思い切り床を叩く。

「いってぇ！」

「お前、頭が」

　柚が真っ白な頭髪を頭からすぽりと外す。

「なんだ、カツラか」

「ウィッグと言ってくれ、ウィッグと」

　柚は真っ白な『かつら』を片手でくるくると回しながら言う。

「なんでそんなもん、かぶってんだ」

「変装に決まってるだろう」

「変装？　かえって目立つだけだ」

「でも、君はずっとこれが地毛だと思ってたんだろ」

柚が私の顔を覗き込む。彼女の地毛は光沢のある黒で、前髪が極端に短く、サイドと後ろは普通のショートカットになっている。その昔、ヘプバーンがなにかの映画でこういう髪型をしていたのを思い出す。

「探偵がだまされるんなら、立派なもんだ」

「いいから、早くシャワー入れ！　臭せえぞ、お前！」

手をとって引っぱり起こす。

「わかった、わかったよ！　手がとれる」

柚が起きあがり両手でジーンズの尻をはたく。シャワー室の前で立ち止まった柚が「覗くなよ」と言い、私の反撃の言葉が出る寸前に、パタンとドアを閉める。

4

国道三三〇号線を、普天間方面からコザに向かって北上してゆくと、沖縄自動車道の高架が見えてくる。頭上遥かにそびえる高架をくぐって、すぐの交差点が、『ライカム』だ。

この不思議なカタカナ表記の地名は、琉球軍司令部（Ｒｙｕｋｙｕ ｃｏｍｍａｎｄ）の頭文字（Ｒｙ－ｃｏｍ）をとったもので、その名のとおり一九四五年、北谷から上陸した米軍が、最初に司令部を設置したのが、この場所だ。

数年後、司令部勤めの高級将校とその家族が、このエリアに住むようになる。さらに数年たった一九五四年、沖縄経済の頂点に立つ彼ら目当てに、アメリカの資本家がオープンさせたショッピングセンターが、〈プラザハウス〉だ。昼を過ぎても、ソファでぐっすり眠り込んでいる柚を部屋に残し、タクシーでプラザハウスへと向かう。

国道三三〇号沿いの駐車場をぐるりと囲むように、飲食店、旅行代理店、食品スーパー、輸入洋品店などの各種店舗が配された、アメリカン・スタイルのこのショッピングセンターは、斜陽著しいコザの街の中では珍しく、今もなかなかの繁盛ぶりだ。

ロックにステーキにバドワイザー。よくも悪くも四分の一世紀以上も続いたアメリカ世への郷愁が、コザの人々をこのショッピングセンターに向かわせている。

タクシーをおりると、敷地内にある琉球銀行に寄って、天願からもらったドルを日本円ドルに両替する。レートは一ドル＝一〇三円。銀行の手数料と、昨夜の夕食代を差し引いて、二八枚の一万円札が手元に残る。滞納していた家賃と各種公共料金を支払い、現金五万を財布に入れ、残金を自分の口座に入れる。

久々に気持ちに余裕を持って銀行を出て、プラザハウス一階にある、老舗タコス屋に向かう。この店は、私がかつてパークアベニューで働いていた店と同様、本場メキシコの味をウリにしている。料理のベースとなる、チリソースの味が格別だ。

ブリトーと生ビールをオーダーする。トルティーヤにたっぷりと詰め込まれた牛肉とチーズ。脂ぎった口の中を、よく冷えたビールで洗い流す。三十分ほどで食事を終えた私は、店のトイレを借りて手を洗い、店を出る。

六月の午後の日差しは強烈で、アーケードの庇を使って直射日光を避けながら、プラザハウスの裏手へと歩いていく。

表通りから一歩奥に入ると、そこには昔ながらの静かな住宅街が広がっている。ブロック積みの塀に、コンクリート造りの二階建て住宅。ぽつりぽつりと、シーサーを戴いた赤瓦も残っている。ひとひとりがようやく通れる狭い路地を、南風が通り抜けてゆく。庭先に咲くハイビスカスの赤い花が揺れている。歓楽の都、コザに隣接する、静かな石造りの住宅街。それが北中城村、島袋だ。

ＮＴＴ発行の今年の電話帳によれば、島袋に住む太田家は全部で四軒。北中城村全体でも、十五軒ほど。とりあえず、島袋に住む全ての太田家の所在地を自分の足を使って確かめることで、町の全体像をとらえようと考える。

各家の世帯主の名前が入った、縮尺千五百分の一の住宅地図を片手に歩き出して十分。地図からは分らなかったが、島袋はあちらこちらに急な坂あり、行き止まりありで、徒歩でまわるには骨の折れる集落だ。

たっぷり二時間かけて、島袋の太田家四軒を実際にこの目で確認する。一軒の太田さんは工務店を営んでいて、二軒は普通の民家。最後の太田さんは、アパートの一室に住んでいる。

どこかの太田さんの玄関をノックして見ようかとも思ったが、結局何もせずに引き上げる。歩き回っているうちに、汗だくになってしまい、訪問されるほうも驚くだろう、と思ったのだ。

プラザハウスに戻り、客待ちタクシーに乗り込み、運転手に行き先を告げる。冷房の効いたタクシーの中で、体の緊張がいまだに解けていないことに気づく。聞き込みもせずに部屋に帰ろうと思った理由は、暑さだけではない。島袋の路上で、私はいつもの強い感情に襲われた。

喪失感。

無力感。

助ける手段はきっとあったはずなのに、という後悔。

さまざまな「負」の思いで膨れ上がった感情は、一年半前から私のもとを毎日のように訪れている。

当時、私は一人の女性を見守っていた。女性は死に取りつかれていて、そのことを心配した父親からの依頼だった。長い時間見張るうちに、私は彼女を愛するようになる。しかし、彼女の心を救うことができず、女性は自ら命を絶ってしまった。

それ以来、彼女の笑顔が頭の中でプレイバックされるたびに、私の神経は悲鳴をあげる。所かまわずに襲ってくる強い「負」の感情に一度捕まってしまうと、足の力は抜け、目は何も見ようとしなくなり、何かを考えることが不可能になる。

私はその強い感情と戦うために酒を飲んだ。

最初、酒は私の心強い援軍となった。やがて、味方であったはずの酒が、私の日常を破壊し始めた。私はそれでも構わないと思い、飲み続けた。それぐらい、私を襲う「負」の感情は強く、他のなによりも、その感情を恐れたのだ。

部屋に戻ると、ソファの上に知花柚の姿が無い。仕事を探しに街に出たのだろう。焼酎を大きめのグラスにつぎ、水道水で少しだけ薄めて、一気に飲み干す。二杯、三杯。四杯目を飲み干すと、急速に体の緊張が解けてゆくのがわかる。シャワーで汗とほこりにまみれた体を洗い流す。愛用のアロハに着替え、グラス片手に部屋のソファに座る。

ソファの傍らに電話機が置いてある。料金滞納で止められていたが、そろそろ復活しているかと思い、受話器をあげ耳に当ててみる。まだ不通。そりゃそうだ、未納分を払って、半日もたっていない。受話器を戻し、しばらく電話機を見つめる。

電話器は、十年ほど前に購入した古いタイプで、留守番機能がついている。伝言は、機械の左上部についているマイクロカセットに録音される。一本のテープには三十分の音声が録音できる。テープが伝言でいっぱいになると、自動的に巻き戻され、再使用されるのだが、私はそうはせず、テープが一杯になった段階で、いちいち新しいものと交換する。

古いテープを捨てずにおけば、いつ、誰がどんな伝言を残していったのかを、記録として保存しておける。もしも、なんらかの事件に巻き込まれた時には、なんらかの証拠になる。探偵事務所の先輩に教わった方法で、今ではすっかり習慣になっている。

電話器を見ているうちに、あるテープをもう一度聞き直してみたい、という強い誘惑にとらわれる。今、酒は飲んでいるが、完全に酔っぱらってはいない。こういう時が、一番危ない。酒の力を借りて、無理矢理押さえつけている強い感情が、心の中に充満し出口を求めて暴れまわっている。

結局誘惑に負けて、机の引き出しにしまっておいたテープを電話器のテープレコーダーにセットする。

『再生』のボタンを押す。

「もしもし、由紀恵です。お留守のようなので、また電話します」

久しぶりに彼女の声を聞く。

低くて、少しかすれている。

機械が相手なので、少し緊張して話している。彼女の声を、テープを巻き戻して繰り返し聞く。決して会うことはできない、彼女の声を、何度も、何度も、何度も、何度も。案の定、自分ではどうしようもない感情が、心のなかに充満してゆく。さらに酒を飲む。幸い、金はまだ十分に残っている。私は一時の感傷に流され、大城由紀恵の声を聞いてしまったことを、心の底から悔いた。

　後悔しても、もう遅い。


　いつの間に眠ったのか。

　その夜夢をみた。由紀恵が部屋で料理をしていて、私は今までの彼女の不在が、すべて悪い夢だったと知り、心の底から安心する、という夢だ。

　目が覚めた。悪い夢は続いている。せめて今見た夢の中の由紀恵にもう一度会おうと目をつぶる。その時、声が聞こえる。

「大丈夫か」

　驚いて目を開け、声がした寝室のドアの方を見る。

　知花柚が、こちらを見ている。

「え？　ああ。大丈夫だ」

　声がかすれている。

「ひどく、その、泣いていたから」

「ひどい夢を見た。もう大丈夫だ」

「そうか」

柚が少しだけ微笑んで、寝室の入り口から離れてゆく。どうやら私は泣いていたらしい。柚にそれを知られてしまったが、気にはならない。それよりも、柚とかわした短いひとこと、ふたことが、私の心を不思議と落ち着かせていることに驚く。

もう一度目を閉じる。今度は夢を見ることも無く、ぐっすりと眠った。どれくらい眠ったのだろう。五分にも感じるし、何時間もたったような気もする。窓の外の闇が、少しだけ青みを帯びている。近くの公園から、小鳥のさえずりが聞こえてくる。夜明けだ。じっと耳を澄ます。となりの部屋から、歌声が聞こえている。

ベッドを抜け出し、リビングをそっと覗く。

柚だった。彼女の歌声は、話し声とまるで違っている。

低いトーンで、空気を振るわす。聴くひとを引き込む不思議な力がある。柚は、ソファの上で膝を抱え、その上に左の頬を乗せて歌っている。歌声は、少女が自分の想いを恋人に打ち明けているようにも、母親が背なの赤ん坊に、子守唄をささやきかけているようにも聞こえる。

主さん、主さんと呼んだとて
主さんにゃ立派な方がある
いくら主さんと呼んだとて
一生忘れぬ片思い

その場に立ち尽くし、柚の歌に聴き入る。今、頬を伝う涙は、昨日までの涙とは、なにかが違っているような気がする。

奥山住まいのうぐいすは
梅の小枝で昼寝して
春が来るよな夢をみて
ほけきょ、ほけきょと鳴いていた

窓の向こうに広がる東の空が、少しずつ赤く焼けてゆく。

5

電話が復活したので、北中城の島袋に住むすべての太田さんに電話をかけ、連絡を取る。結果、島袋の太田姓四軒のうち、二軒がここ数年のうちに越してきた新しい家族で、残りの二軒が古くからの住人だった。

「四十年ぶりにブラジルから里帰りした天願孫良という人物が、太田たえという人を捜している。現在七十過ぎと思われる太田たえさんは、戦争で親兄弟を亡くし、島袋で叔父と同居していたらしい。心当たり有りや、無しや」

島袋の太田さんたちに電話でそう伝える。しかし、太田たえを知っている、という情報は、誰からも聞き出せなかった。

琉球王国時代から代々島袋に住んでいるという、工務店経営太田守昌は、「たえ」と言う名前の女性は、戦前も戦後も、この島袋にはいなかったと言う。家系図で調べたらしい。

「那覇や首里に移った親戚にも聞いてみた。でも、やっぱり誰も知らない。俺、六八だから同年輩だろう、たえっていう人と。その俺が知らないんだ。少なくとも、戦争からこっちは島袋に太田たえさんは、住んでいなかったよ」

太田守昌氏に礼を言って受話器を置くと、次に天願と太田たえが終戦直後に通っていたという、島袋小学校に連絡を取る。

電話番号がわからないので、一〇四のオペレーターに「島袋小学校」と告げる。

「お届けは二つあります。北中城のほうでしょうか、それともコザの方でしょうか?」

ハスキーボイスのオペレーターが言う。受話器を肩で押さえ、県別自動車道路地図「沖縄中心部・1万5000分の1」のページを開けてみる。なるほど、コザの南の端と、北中城村の北の端が接している付近に、二つの「島袋小学校」が存在しており、両校の距離は、一キロと離れていない。

「とりあえず、両方教えてください」

オペレーターにそう告げ、自動音声が読み上げるふたつの番号をメモに控える。

最初に、北中城村の方の島袋小学校に電話をしてみる。教職員室に電話がつながり、副校長の平良、という人物に事情を話す。

「昔の記録でしたら、コザの島袋小さんに聞いてもらった方が早いですね。うちはまだ開校してから十年たっていませんから」

私は平良副校長に、どうして同じ名前の学校が、そんなに近くに二つあるのかを尋ねてみる。事情はなかなか複雑だった。

戦後、中城村は、ライカムを中心として肥大化を続ける米軍施設のために、南北に分断されてしまう。やむなく村の北部にあった喜捨場、荻道、安谷屋といった部落がまとまり、戦後新しく生まれた行政区域が北中城村だ。

さらに、その北中城の中でも、字島袋は、米軍に多くの土地を接収された上に、村のその他の地域と米軍ゴルフ場によって分断され、村民の往き来が自由に出来ない時期が続いた。そこで、島袋では教育や経済を、隣接するコザ市に深く依存するようになってゆき、小学校も、市の境を超え、お隣りのコザ市の土地に建設された。

近年、周囲の軍用地が次々に返還されるにしたがい、もう一度、島袋地区は、北中城村内の一部落としての地位を強化してゆく。そして十年ほど前に、それまでコザ市にあった「島袋小学校」とは別に、ようやく自前の島袋小学校を、北中城村の「島袋」に開校させることができたのだという。

「コザ市の島袋小の卒業生にとっても、自分が卒業した学校の名前には愛着がある、ということで、結局、同じ名前の小学校が二つできてしまったわけですね」平良副校長はそう話すと「ま、二つの小学校は、兄弟みたいなもんです」と笑う。

平良副校長に礼を言い、今度はコザ市の方の島袋小学校に電話をいれてみる。事情を話すと、学校で一番古いという、社会科の古謝という女性の教師が対応してくれる。彼女の応援を得ようと、もう一度丁寧に事情を説明したが、残念ながら卒業生の記録は、昭和三十年代に入ってからしか残されていない、と古謝は言う。

「昭和二十年代の記録は、どこにも残っていないんですよ。教師も英語ができたり、書き方ができたりした若者が、ボランティアで子供たちを教えていたんです。まだ北谷や浦添のキャンプに大勢の人々が収容されていた時代ですからね」

古謝は当時の資料が残っていそうな場所をいろいろと検討してくれる。結局、そういう場所は思い浮かばず「力になれなくて」と申し訳なさそうに話す古謝教諭に「とんでもない。助かりました」と礼を述べ電話を切る。

古謝教諭と電話で話している最中に、知花柚が部屋に帰ってくる。

疲れた表情で、冷蔵庫からダイエットコークを取り出すと、コップについでごくごくと飲み干し、大きなげっぷをひとつ。柚がこの部屋に転がり込んでから三日が経つが、まだ仕事が見つからない。仕事がないので、部屋も借りられず、居候を続けている。

柚は熱心に仕事を探している。毎朝九時五五分にはコリンザの中にあるハローワークに並んでいる。数少ない求人情報を誰よりも先にキャッチして仕事にありつこうと、がんばっている。

今日の電話から分かったことを簡単にノートに整理すると、キッチンに行き、バーボンソーダを作る。グラスに口をつけ、ちびちび飲み、一度ソファに戻る。

「まぁた飲んでる」

柚はダイニングチェアに、あぐらを組んで座っている。

「いいんだよ。今日は一生懸命仕事したんだ。少しぐらい早めに終わらしても」

「ラクでいいな、探偵。私もやろうかな」

「若い娘にゃ向かない仕事だ」

「なんでだよ」

「仕事の九九パーセントが浮気調査と家出した子供を探すことだ」

「いいじゃない。張り込みとか尾行とかするんだろ。おもしろそう」

「何言ってる。退屈で死にそうになる」

「で、残り1パーの仕事って？」

「コザに隠された秘密のお宝を探す」

「面白そう！」

「たまにはな。さて、今夜は外で飯でも食うか」

「なんだよ、どういう風の吹き回しだよ」

「お前、ちゃんと食ってるのか？」

「なんでよ？」

「やつれた顔してる」

「しゃーないよ。失業者だもの」

「ゲート通りにうまい中華料理屋がある。甘辛く煮込んだひき肉と野菜を、レタスで巻いて食べる」

「行く！」

それぞれの飲み物を飲み干し、夕暮れのコザの街へ出かける。

裏通りのその店は、見かけは流行らないラーメン屋のようだが、出てくる料理は濃厚かつ刺激的な味で、毎晩開店と同時に、すぐに満席になってしまう。〈蓬莱〉という名のとおり、牛バラ肉の醤油煮込みや豆苗の炒め物、鶏の揚げ物などの台湾料理が得意で、中でも細かく切ったタケノコ、椎茸、長ネギなどを、ひき肉と一緒に甘辛いみそで炒め、それを新鮮なレタスの葉で巻いて食べる、通称『レタス巻き』が店の名物になっている。正式な料理名は別にあるのだろうが、客はみなレタス巻きと注文するし、店員もそう呼んでいる。

私と柚も、レタス巻きを注文し、汗をかいた大瓶のビールを、オリオンのロゴ入りコップで飲みながら、黙々と食べる。隣の席に座っていた米兵のカップルがこの料理を知らないらしく、次から次へとレタス巻きを頬張る私たちを、興味深そうに見ている。

突然柚が、自分でくるくる巻いたレタス巻きを、カップルの女性に向かって突き出し、「Ｔｒｙ！」と話しかける。はじめは遠慮していた女性も、柚の笑顔に負けてレタス巻きをひとくち食べ、穏やかな笑みでうなずいてみせる。

最後に一人前の牛肉麺を二人でわけて食べ、ビールを飲み、米兵カップルに会釈して〈蓬莱〉を出る。

「あー、幸せ！」

先を歩く柚が、前を向いたまま言う。

「今度は、アタシが奢るよ」

「泣かせることを言う」

「ね、ジョージさんって、もしかして、料理とか上手なんじゃない？」

「なんでそう思う？」

「台所の棚。調味料とか揃ってるし」

「まぁ、昔はやる方だったかもな」

「今は作らないの？」

「なんか、どうでもよくなってしまったんだ。酒さえあれば、あとは、何でも」

「ふーん」

「君が唄っていた那覇の店ってのは、儲かったのか？」

「まぁね。最近、国際通りとかに、新しい民謡酒場が増えてるんだ。おじい、おばあ相手の、昔ながらの店じゃなくて、内地の観光客とか、うちなーの若いやつとかを相手にしてる、ライブハウスみたいな店でさ。歌も、『安里屋ユンタ』とかやるけどさ。でも、ほとんどは、ブームとか、ビギンとか、元ちとせとかやるんだ。そういう、今時の、島唄を」

「ほう」

「四回ステージやって一日五千円。きれいな琉装着て、好きな歌唄って、ギャラまでもらえる。いい仕事だよ。コザにはない？　そういう店」

「ないなぁ」

部屋で顔を会わせてもあまり話はしないが、こうして夜の街を並んで歩いていると、不思議と会話が成立する。暗がりの中で、お互い顔が見えない分、本音が言えるのだろう。

「実は、この前、君の歌を聴いた」

「えっ、いつ？」

「おとといの朝。すばらしい声だった。早く歌の世界に戻るべきだと思った。毎日ハローワークに並んでいるんじゃ、もったいない」

「うれしいこと言ってくれるじゃん！」

「正直、あの夜は歌のおかげで、救われた。歌ってのはすごいな、と思ったよ」

「うれしいよ。そんなにほめられたの、初めてだよ」

「唄いたいだろうな」

「そりゃあね。でも、しょうがない。しばらくはおとなしくしてないと」

「そんなに力があるのか、その、プロデューサーってのは」

「狭い世界だからね。どこかで唄っていれば、すぐに分かっちまうんだ。どういうわけか」

「きちんと話をつければいい。逃げ回ったりしないで」

「それができれば、最初から苦労しないって。相手はあの大バカものだよ。話して分かるようなやつじゃないんだ。人の気持ちなんか、おかまい無しでさ。怖いよ。まじストーカーさ。五分ごとに携帯にメール送ってくるんだ。自撮りの写真とかさ。自分はすごいい い男だと思っててさ」

「いかれてるな」

「ヤツの母親がすごいんだよ。彼女が事務所の社長なんだ。内地のレコード会社とか芸能プロとかにめちゃくちゃコネ持ってて、今まで、何人も向こうでデビューさせている、やり手でさ」

「なるほど」

「その母親のおかげで、大きい顔が出来るんだ。廻りもみんなそれは分ってるんだけど、しょうがない。そのうえ、母親が息子のこと、天才プロデューサーだと思い込んでいるから始末が悪い」

「その芸能プロってのは、なんて言うんだ?」

「玉寄ロケーション・サービス」

「有名だ」

「とりあえず仕事探すよ。あそこと喧嘩したって勝てっこない」

「そのほうが良さそうだ」

「すんません、迷惑かけて」

知花柚は、珍しく殊勝な顔つきでぺこりと頭を下げると、コーラを買ってくる、と言ってコンビニへ向かう。私は一足先にアパートへ向かう。歩きながら、近いうちに、宜野湾にある玉寄ロケーション・サービスへ行ってみようか、と考える。余計なおせっかいだとは分かっていたが、柚の力になりたかった。そして、もう一度彼女の歌を聴きたかった。

アパートの前で立ち止まり、物音に耳を澄ます。このアパートに住んでいるのは、長いこと私だけだ。なのにビルの中から強いタバコの匂いが漂ってくる。私の禁煙はすでに十年を超えていて、タバコの匂いにはすこぶる敏感だ。たまに高校生が午後の一服を楽しんでいることもあるが、今は午後十時すぎ。足音をたてないように建物の前を離れる。道路を挟んで反対側にある駐車場へ歩いてゆき、停まっている車の間に身を隠す。少しすると、駐車場左手から、柚がやってくる。立ち上がり、こちらに来るよう手を振る。異変を察知した柚が、小走りにやってくる。

「なに?」

柚が隣にしゃがみ込む。

「誰かが中にいる」

「この前の奴ら?」

柚の瞳が好奇心で輝いている。

「それを確かめたい。向こうに気づかれずに」

「浮浪者とか?」

「彼らは警察の厄介になることを嫌う。人の住んでいるアパートに入り込むことは、まずない」

「仕事の依頼かも」

「だったら、いつ帰るか分からない探偵を待ったりしない」

「なるほど。さすが探偵だ」

柚の顔を見る。実に楽しそうだ。

「なんだ、楽しそうだな」

「ちょー楽しい」

持久戦に備えて、アパートの入り口が見えることを確認しつつ、楽な姿勢を作り出す。後ろでは、柚がコーラをちびちび飲みながら、大きな瞳をキラキラさせて建物を見張っている。

五分たった。男が建物から出てくる。あたりを見回し、こちらに向かって歩き出す。男は胸のポケットから携帯電話を取り出すと、激しく右手を動かしている。着信のチェックか、もしくは報告メールを誰かに送っているのか。男が携帯の画面を見つめたまま、私たちの前を素通りしてゆく。通堂町で出会った茶髪兄さんだ。

「やっぱり」

小さな声で柚が言う。

「後を追ってみる。そっちは部屋に戻って、鍵をかけて」

「了解だす」

車の陰から出て、茶髪兄ちゃんの後を追う。彼はメールを続けながら、百メートルほど前を歩いてゆく。茶髪兄ちゃんが、人気の無い裏道に停めてあった国産のミニバンに乗り込むのを見届けてから、部屋に戻ろうと、振り向く。

そこに、金城がいた。

「ジョージ」

金城が見事な歯並びを見せて笑う。

「金城」

ランディ金城と私は、コザ小学校の同級生だ。

父親譲りの青い瞳、白い肌。金城は、子供のころその外見からいじめの対象にされた。体が大きくなり、腕っ節が強くなると、今までいじめてきたやつらを徹底的にいじめ抜き、小学校から追い出してしまう。中学を二年で卒業した金城は、その後どこの組織にも属さずに仲間を増やし、非合法な商売は何でもこなしている。人を傷つけるのが大好きな、嫌な野郎だ。

「何してるんだ？　こんなところで」

笑顔の金城の後ろには二人の若い衆がいて、瞳に凶悪な色を浮かべ、こちらを眺めている。多分まだ十代だろう。怖い物はなにもない、と信じていられる年頃だ。柚は部屋の鍵を閉めただろうか？

「散歩か？　それとも例の探偵ごっこの最中なのか？」

「部屋に戻るところだ」

「そうか」

金城がうなずき、「この男、知ってるか？」と後ろの二人に言う。

「自分のこと、凄腕の探偵だと思いこんでてな。大笑いだ」

金城が大きな笑顔を見せる。

「まだやってるのか、えっ？　ごっこを、よ」

「お前こそ、一生そうやってチンピラごっこやってくのか？」

私の言葉に金城が笑顔をひっこめ、無表情になる。後ろの二人が私の前と横に回り、いつでも手を出せる距離に近づく。

「四十すぎて子分を引き連れて、まったくざまあねえな」

「ざまあねえのはお前の方だ。小娘を部屋に連れ込んで、一体何やってるんだ？」

「小娘？」

「そうだよ。あの白頭だよ。うらやましい限りだな。さすがスケベ探偵だ」

金城が私の首に腕を巻き付け小声で言う。

「よう、あの女の絵描きともやったのか？　お前が殺した…」

気づくと、金城に掴みかかっていた。私の腕が金城に届く前に、後ろから子分二人が羽交い締めにする。金城はその様子を笑顔で眺めながら、両手に皮の手袋をはめる。完全に自由を奪われた私の右ほほに、金城が鋭いストレートを打ち込む。

「おっとぉ。チャンプの右がクリーンヒット！」

続けて左、右と私の顔にパンチを叩きつけた金城は、「うひゃあ、ひでえ顔だぜ」と笑って、みぞおちへアッパーを打つ。苦い液が口の中に逆流してくる。

「探そうなんて思うなよ。白頭はスケベ探偵のところから、彼氏のもとに戻ったんだ。元の鞘に戻ったということだ。これ以上問題をおこすな。いいな」

金城がタバコに火をつける。

「探偵ごっこはもうおわりだ」

金城は盛大に煙を吐き、手下を連れてその場を立ち去った。

なんとか部屋にたどり着き、シャワーを浴びる。柚は金城に連れ去られた。連れて行かれるのは玉寄プロデューサーのもとだろう。この部屋で自分の無能ぶりを嘆いているより、唯一の手がかりである玉寄ロケーション・サービスで張り込みしようと考える。

新しいTシャツを着て部屋を出る。階段を数歩降りたところで、免許もクルマもないことを思い出し、部屋に戻る。ずいぶん前に、酔っ払い運転で自損事故を起こし、両方とも失ってしまっていた。電話をかけて、助けを乞う。三十分後。部屋の電話が鳴る。胡屋十字路に急ぐ。ハイダウェイの前で黒のセルシオが待っている。

「すまんな、遅くに」

助手席に乗り込む。

「で、どこへ?」

運転手が尋ねる。

「宜野湾の玉寄ロケーション・サービス知ってるか?」

運転手は短く頷き、クルマを出す。

桃原繁は今年二二になったはずだが、相変わらずの童顔と華奢な体つきで、高校生のように見える。一年半前、私と繁はある女性を巡って殴り合いの喧嘩をした。女性は永遠に姿を消してしまい、それ以降、私と繁は、たまに連絡を取り合う仲になった。

最初に連絡をしてきたのは、繁の方だった。会いたい、というので、彼の地元、恩納村の防波堤で、三十分ほど缶ビールを飲んだ。これといった会話はなかったが、別れ際、繁は「少し楽になった」と言った。私も同じだったので、「私もだ」と伝えた。以来、たまに連絡が来てなかのまちのジャズバーで飲んだりする。

「何があったの?」

私の青アザだらけの顔をちらりと見て繁が言う。通堂町での柚との出会いから、先ほどのランディ金城の介入までを手短に話す。

「で、なんとか金城は、捕まえた柚さんを玉寄ロケーション・サービスに連れてくるってこと?」

「可能性はゼロじゃない」

繁はうなずくと、あとは無言で運転に没頭する。

クルマは北谷で国道五八号に出ると、そのまま南下を続けて大山の交差点を過ぎ、宜野湾警察の手前で右折。静かな眠りについている住宅街を抜けて、真新しい五階建てビルの十メートルほど手前で停まる。ビルの正面にはガラスの扉があり、その上にレトロな文体で「玉寄ロケーション・サービス」と書いてある。ガラス扉の前には鉄格子製のシャッターが下りており、誰かが出入りしている形跡はない。繁がエンジンを切る。国道五八号を走り抜けてゆく大型トラックの音だけが聞こえる。時刻は午前二時過ぎ。

「何かあったら起こして」

繁が背もたれを倒す。疲れているのだろう、すぐに眠りに落ちる。私も背もたれを倒し、楽な姿勢でビルを見張る。

二時間が過ぎた。国道五八号を通るクルマの量がめっきり減った以外には、ビルの周囲に、これといった変化はない。入り口をぼんやり眺めながら、天願と太田たえのことを考える。

ライカム交差点近くに、島袋小学校がふたつ。北中城村の島袋小は、十年前の創立という。ならば戦後すぐに天願孫良と太田たえが通っていたのは、コザの島袋小学校ということになる。天願は、通っていた小学校の名前から、自分の出身地を、「島袋」と思い込んでいたのだろう。彼が通っていた島袋小学校はコザ市久保。周辺には山里、諸見里、園田、胡屋といった集落がある。とすれと、太田たえが住んでいたのも、北中城の島袋ではなく、コザのいずれかの村落にちがいない。

　そう考えれば、北中城島袋の太田姓の中に、たえを知るものがいなかったという事実にも説明がつく。今夜柚を助け出したら、明日にでもコザ島袋小学校付近で、太田たえの関係者を探してみよう。しかし、こんな簡単なパズルを解くのに、一体何日かかっているのか。アルコールのせいで勘がひどく鈍っている。

　アパート前の待ち伏せもそうだ。ランディ金城が罠を張っていたとは思えない。たまたま茶髪男が私の部屋の様子をうかがいに行き、その間、金城たちはクルマの中で待機していた。私の不在を知った金髪男が仲間の方へ戻って来る。すると、自分たちが探していた男、つまり私がのこのこ出て来て、金髪男の後をつけはじめた。金城はこれ幸いと、私を柚から引き離し、その間に手下が柚を連れ去った。その報告を聞いた金城は、心置きなく私を痛めつけることにしたのだろう。

「朝？」

いつの間に起きたのか、繁が窓の外を見つめている。

「何かあった？」

「いや。ここには誰もこないようだ」

「その、玉寄ってやつの家は見張らないでいいの？」

「知ってるのか？」

「屋宜原の丘の上の、つぶれたホテルの横にある豪邸。よくテレビに出てくる。沖縄のビバリーヒルズとかいって」

「俺も見た。テレビで」

「行ってみる？」

「ああ」

桃原繁は、座席の背もたれをもとに戻し、「ごめん。もっと早くに気づいていれば」と言って車のエンジンをかける。

「いや、とんでもない。とんでもないよ」

セルシオはまだ薄暗い住宅街の中を、ゆっくりと走り出す。


北中城村、屋宜原の小高い丘の上に、古いホテルが建っている。ずっと前に営業を停止したが、建物は取り壊されること無く、今も風雨に堪えている。

初めてこのホテルに出かけた時、タクシーの運ちゃんに「シェラトンまで」と告げた。

運ちゃんは「ヒルトンね」と言った。聞きかえすと「わしらにとっちゃ、あそこはいまでもヒルトンなんだ」と運ちゃんは言った。

〈ヒルトン沖縄〉がオープンしたのが一九七二年。沖縄がアメリカの占領から脱し、新たに日本の一部に組み込まれたその年だ。嘉手納と普天間の中間地点という絶好の立地を誇るヒルトンは、米軍の将官や政府関係者の定宿になっていた。週末には一般市民も参加できるダンスパーティもあり、「そりゃあ華やかなものであったさ」と運ちゃんは懐かしむ。

華やぎは、八十年代に入り〈シェラトン〉と名前を変えた後に私が訪れた際にも十分に感じられた。高い天井、深紅の絨毯、チーク材をふんだんに使ったロビー。アメリカンサイズの客室ベッド。バスルームのシャワーヘッドひとつにも、アメリカの匂いがプンプンするホテルだった。

次の世紀を待たずにヒルトンはつぶれたが、ホテルの自慢だった、屋宜原の丘からの大パノラマは、今も変わらない。南は浦添、正面に北谷、北に嘉手納と広く視界が開け、昼間は刻々と色を変えてゆく珊瑚礁の海が、夜は色とりどりの町の灯りが楽しめる。

見晴らしのいい丘陵地帯が、亀甲墓に占領されてしまうことの多いこの島で、屋宜原の丘には、珍しく高級住宅が建ち並んでいる。中でも、ひときわ目を引く大きな平屋が、玉寄ロケーション・サービス社長の自宅だ。玉寄邸前にセルシオを停める。門扉に近づき、インタフォンのボタンを押す。家の中で複数の犬が激しく吠え始める。

「はい」

インタフォンが答える。年配の女性の声だ。

「音楽プロデューサーの玉寄さん、いらっしゃいます?」

インタフォンに顔を寄せて告げる。

「今何時だと思ってるの!」

インタフォンの向こうは、激しく怒っている。腕時計を見る。午前六時。人を訪問するには、少し早すぎるかもしれないが、しょうがない。緊急事態だ。

「すいません。緊急な用件だったもので」

「なによ、緊急って?」

インタフォンが不機嫌に言う。

「そちらの会社でお世話になっている歌手の知花柚が、昨夜から行方不明になってまして。それで、もしや玉寄さんが行方をご存知だったら、と思いまして」

「息子に聞いてみます。そちらの連絡先は」

電話番号を教える。

「何かわかったら連絡します」

インタフォンが不機嫌に言う。

「あの、息子さんはご在宅で？」

インタフォンはしばらくの沈黙の後で「こちらから連絡すると言ってるでしょう！」と怒鳴って、がちゃり、と切れる。犬の鳴き声がますます大きくなる。

「どうします？」

桃原繁が尋ねる。

「これ以上粘ると馬みたいな犬がわんさかが出てきて顔を舐められそうだ。撤収しよう」

クルマに戻り、繁に「すまなかったな」と言う。

「いや別にいいけど」

繁はエンジンをかけずに、座っている。

「これから仕事だろう、胡屋十字路で落としてもらえれば、それでいいから」

「いいの、行っちゃって」

「駐車場に停まっているのは、シルバーのベンツ。その横に、脱着式の赤いハードトップが置いてある」

「ああ」

「さっきのインタファンが玉寄社長だとすれば、ベンツは社長のもの。もう一台、赤いオープンカーがあるはずで、そっちは息子が乗って出かけたままだ。すでにランディ金城と玉寄プロデューサーはどこかで会っているのかもしれない」

「そう」

「とにかく、すべては玉寄のことをもう少し調べてからにしようと思う。息子の住みかはここじゃないかもしれないし」

「そう」

繁はうなずくと、クルマを出す。

「すまん。ちゃんと計画を立てて出直そうと思う。多分、夕方以降になる。できたらその時、もう一度つきあってもらえないだろうか?」

「いいよ」

「すまん」

「いいよ。面白いし。探偵」

繁が珍しく笑顔を見せる。

十分後。茂に礼を言い、胡屋十字路でクルマを降りる。四十を過ぎると徹夜がきつい。シャワーを浴び、ヒゲを剃り、目立つアザをバンドエイドで隠す。電話をとり、琉球タイムスコザ支局の番号を押し、整理部喜屋武の名を告げる。

「はい、整理部」

ブン屋らしい、威勢のいい声が電話に出る。

「喜屋武さん、います?」

「喜屋武は…」

電話の主が言葉を切る。壁の予定表でも覗きこんでいるのだろう。

「喜屋武は辺野古ですね。午後戻りです」

連絡を、とことづてを頼んで電話を切る。何もしないでいると眠ってしまうので、手元のコザ市版電話帳をめくる。エリアが広い分覚悟したが、掲載されている太田姓の電話番号は二〇と少し。これなら端から電話した方が早い。太田姓の一番上、照屋三丁目に住む太田秋恵さんを皮切りに、片端から電話をかける。相手が出ると「四十年ぶりにブラジルから里帰りした天願孫良という人物が、太田たえという、六十代の女性を捜している。心当たり有りや、無しや」という質問をぶつける。十軒めの太田幸子さんへの電話が終わると、それ以上起きているのが難しくなり、二秒で眠りに落ちる。

電話の呼び出し音で、目が覚める。時刻は午後二時。三時間以上寝ていたことになる。ソファから手を伸ばし、受話器を耳に当てる。「ジョージ。生きてたか」

喜屋武だ。

「コザ署の宮城に聞いたよ。復帰したんだって?」

「ぼちぼちな」

「そういつはよかった。で、どんな情報が欲しいんだ」

琉球タイムスの喜屋武は、ゴヤ中央市場の屋台での飲み友達で、お互いの仕事の内容が分かったあとは、こちらからは新聞ネタを、喜屋武からはさまざまな情報を提供し合うようになっている。

「玉寄ロケーション・サービスって知ってるか?」

「ああ。こっちで才能のある子を青田刈りしちゃあ、内地のプロダクションに送り込んでボロ儲けしてる」

「身もふたもない言い方だな」

「事実だ。玉寄の何が知りたい?」

「いい噂、悪い噂。なんでもかんでも」

「これから一本記事書いて本社に送ってからになる。そうだな、三時間後に。タコス屋でいいかな?」

「実はあの店、クビになったんだ。そっちに行くよ」

「わかった。それよりジョージ。うれしいよ、電話をくれて」

「うん。まぁ、よろしく頼む」

喜屋武との電話を切り、昼寝で中断していた太田さんへの電話を続ける。太田和弘、太田貴司、太田信子、太田博司。不在の家は飛ばして電話をかけ続け、二十二番目の太田又造のところで、初めて太田たえに関係がありそうな情報を聞く。又造さんの親戚で、一家五人のうち、四人が戦争でなくなり、女の子一人が生き残った家族がいるというのだ。話を聞きたいので、時間をもらえないかと尋ねる。

「これ以上の話はないけど、来たいというのなら、来ればいいさ」

又造さんは明日の午後二時を指定する。伺うと約束をして電話を切る。

昨日の台湾料理以来、何も食べていなかったことに気づき、ゴヤ中央市場近くの喫茶店で卵サンドとコーヒーを頼む。コーヒーはブルーマウンテンを奢る。大変おいしかったが、天願孫良のコーヒーには及ばない。午後五時。桃原繁が胡屋十字路でピックアップしてくれ、そのまま一緒に琉球タイムスコザ支局へと向かう。

市役所、警察署、総合病院といった公共機関が集まる仲宗根町は、コンクリートと石で覆われたコザの街にはめずらしく、緑豊かで涼しげな佇まいだ。琉球タイムスコザ支局は、仲宗根町の市役所近く、古ぼけた雑居ビルの二階に入っている。私と桃原繁は、雑然とした事務所内の、低いパティションで他と区切られた応接コーナーで、喜屋武光一と向かい合って座る。

「復帰早々、すごい顔になっとるな」

「感が鈍ってるんだ」

「なあに、すぐに戻るさ」

喜屋武は那覇にある本社政治部のエースだったが、天皇制についての、正論だが少々過激な文章を夕刊に掲載し、それが元で数年前にコザ支社へ島流しにされたという経歴を持つ。

「助手か?」

喜屋武が繁に視線を向ける。

「友人だ。いろいろと助けてもらっている」

「桃原繁です」

繁が会釈する。

「桃原さん。よろしく」

会釈を返した喜屋武が、私に向かって「名前の通り、もともとあそこはロケ・コーディネイトの会社だ」と話し始める。

「社長の玉寄氏が商売始めた三十年前は、ほかにそういう会社がなかったから、ずいぶん繁盛した。最初の観光ブームだったしね。そのあと同業が乱立したんで、奥さんが片手間でやってた、モデルや歌手の養成学校兼、プロダクション商売に力を入れるようになった」

「養成ってことは、学校もやってる?」

「それが宜野湾にある、あの建物だ。一度取材に行ったが、すごいもんだ。二階が一面ガラス張りのダンススタジオ、三階が音楽の練習スタジオ、四階がレコーディングスタジオで、地下にはシャワー室まであった」

「なるほど」

「礼儀が厳しいってことで有名だ。生徒はみんな、きっちり挨拶を叩き込まれて。先生がなにか言うたびに『はいっ！　はいっ！』ってうるさいぐらいよ。ああいうのは親には受けると思うよ。家庭じゃ、ああはできないさ」

「儲かってる？」

「ああ。あのビルも自前だ。先輩たちの活躍がすごいから、宣伝しなくても、生徒が集まる」

喜屋武は玉寄ロケーション・サービス出身の歌手やモデルの名前を次々に上げる。中には私でも知っている名前がいくつかある。

「成功すると、悪口を言うやつもいる。でも沖縄発で全国区のスターを出したのは、あそこが最初だし、しかも連続ヒットだ。なかなかできることじゃない」

「そうか」

「最大の貢献者は、現社長の玉寄喜代美。旦那が、早々とリタイア宣言して、名護に引っ込んだ。かみさんが社長になって、それからだよ、急成長は。新人の発掘や育成は彼女が仕切っている」

「息子がいるはずだが」

「知られてないな。息子が何かしでかしたのか？」

柚との事の次第を手短に話す。話を聞き終えた喜屋武は、「二代目というのは、えてしてそんなもんだ」と言い、他にもなにか情報が出て来たら教える、と約束してくれる。

「よろしく」

桃原繁とともにソファから立ち上がる。喜屋武が玉寄・ロケーション・サービスの情報が書かれたプリントアウトを手渡し、「よかったよ。元気になって」と真顔で言う。

「また、よねさか屋で飲めるかな」

「少し酒を抜こうと思っている。そのうち、顔を出すさ」

「そうか、じゃ、そうしてくれ」

喜屋武が笑顔を見せる。

繁のクルマに戻り、プリントを読む。玉寄・ロケーション・サービスの資本金、本社の住所、昨年の売り上げが載っていて、主な取引先という項目には、有名レコード会社がずらりと並んでいる。会社の代表取締役は玉寄喜代美。会長の玉寄満雄というのが、引退した喜代美の旦那だ。もうひとり、玉寄和馬という人物が専務取締役にいる。これが柚を追い回しているプロデューサーだろう。

桃原茂が「次は？」と尋ねる。

「宜野湾の玉寄・ロケーション・サービス」と繁に告げる。

セルシオは胡屋交差点で左折し、徐々にスピードをあげてゆく。

6

肩まで伸びた髪に、ＡＣ／ＤＣというロゴの入ったブラックＴシャツ。ブラックジーンズにクロコダイル・ブーツをコーディネイトしている小太りの男。それが玉寄・ロケーション・サービスの専務、玉寄和馬だ。

和馬は「知花柚は知っているが、どこにいるかなんて知るわけない。彼女はうちで面倒みている、たくさんの新人歌手の一人にすぎない」と話し、「わかったら帰れ」と甲高い声で言う。

言葉を交わしてすぐに気づいた。玉寄和馬は話し相手の目を見ることが無い。顔はこっちを向いているのだが、視線は微妙な角度で私の顔をずれ、後ろの壁に向かっている。

「帰ってもらおう」

和馬専務が壁を見ながらもう一度言う。それでも私と繋が社長室に居座ると、専務はたまたま遊びに来ていたお友達を社長室に呼んだ。お友達は、ランディ金城と二人の手下だ。

「シカマクー」

金城がすばらしい歯並びを見せて、にっこり笑う。

「玉寄さん、この男が言ったんだ。柚をあなたのところに帰すと」

私の言葉に、和馬は何の反応もせず、黙って壁を見つめている。

「何言ってんだ。シカマクーが」

和馬の座っている三人がけソファの、もう一方の端にどっかりと腰を下ろした金城を無視して、和馬に話しかける。

「柚さんと話をさせてください。彼女が問題はないと言うのなら、大人しく帰ります」

金城は「シカマクーは何もしないで、今すぐ帰るんだよ。それとも、もっとあざを増やしたいのか?」と言って大きな声で笑う。私はなおも無視して和馬に話しかける。

「この男と知り合いなんですか?」

「親友だよ」

金城が笑顔で言う。

「忠告しておきますが、こいつを絶対信用しちゃいけませんよ」

和馬がゆっくりと私の顔を見る。

「じゃないと、あなたは大変なトラブルに巻き込まれる」

「それはどういう意味だ？　シカマクーよ」

金城はまだ笑顔を保っている。

「お前と付き合うぐらいなら、ハブを首に巻いて散歩したほうが安全だということだ」

私の言葉に反応して、金城の後ろで突っ立っていた二人の若い衆が、少しだけ体を動かす。それに反応して、桃原繁が組んでいた右足をおろす。四対二がにらみ合う。ビルの下の階から、アップテンポなダンスナンバーと、それにあわせてステップを踏んでいる、たくさんのダンサーの足音が聞こえている。

「でかい口を叩く」

金城の顔から表情が消えている。

「とにかく」

和馬専務が、ゆっくりと視線を壁に戻す。

「知花柚のことは、うちで面倒を見ている歌手だという以外、何も知らない。彼女の居場所など、知るワケが無い。これ以上しつこく居座るというのなら警察を呼ぶ」

「呼んだら早いぞ。隣が宜野湾署だ」

金城が笑顔を取り戻す。

「なにか情報がはいったら、連絡いただけますか?」

テーブルに置いた私の名刺を、金城がくしゃくしゃにまるめて床に捨てる。

「もういい。帰れ、シカマクー」

金城が低い声で言う。私と繋はソファから立ち上がり、一同に背中を見せず社長室を出る。


「もう来てますね」

繋が早足でクルマに向かう。クルマの陰に少女の姿。繋の音楽仲間で、玉寄・ロケーション・サービスの芸能スクールに通っている女の子だ。繋の後ろから私が近づくと、ハキハキとした口調で「こんばんは」と言ってぴょこんと頭をさげる。なるほど、挨拶がすばらしい。

「こんばんは」

笑顔で言って、クルマの後部座席に座る。繁は助手席のドアを開け女の子を乗せ、自分は運転席に乗り込む。

「ごめん。忙しかった?」

繁が言う。

「ううん、だいじょうぶ」

「高校の後輩で、仲村渠夏美さん」

繁が振り向いて、私に紹介する。助手席の少女が、上半身を後ろに向け「夏美です」と言って、もう一度ぺこりと頭を下げる。

「新垣ジョージ、私立探偵をしています」

「ジョージさんの友だちの知花柚さんが、昨日、ヤバイ奴らに連れ去られた。居場所はここの玉寄和馬が知ってはずなんだけど、しらを切っている。で、夏実には、和馬について知っていること、なんでもいいからを教えてもらいたいんだ」

夏美が待ってましたとばかりに話し始める。

「正直、またかって感じですよ。和馬Pって、最悪なんです。レッスンじゃ、めちゃくちゃ威張ってて怒鳴り散らすくせに、自分のタイプの娘がいると、もう露骨にべたべたしてきて。それが嫌でやめちゃった娘も、いっぱいいるんです」

「なるほど」

繁の言葉に夏美がうなずき話を続ける。

「あだ名、ロケサーのエロメタルっていうんです。いつもメタルばっかかけてるから。あ、ロケサーって、うちの会社のことです。玉寄・ロケーション・サービスって、言いにくいんで、みんなロケサー、ロケサーって呼んでるんです」

「なるほど」

「知花柚さん、すごいですよね。歌、とってもうまくって。っていうか、声ですよね、すごいのは。あんな細いからだのどこから出てるんだ!って感じですよね。ロケサーじゃ、みんなすっごく期待してるんです。次に内地でスターになるの、絶対柚さんだって」

「そう」

「でも、かわいそうに、エロメタルのめっちゃタイプだったんですよ。だから、相当しつこくされて」

「そういうことか」

「エロメタルのマンション、知ってます？」

「いや」

「ここから十分ぐらいのところ。天久のマンションです。ほら、五八沿いに閉鎖されてるホテルあるでしょ、あの裏ぐらい。個人レッスンしようとか行って、エロメタルに連れ込まれそうになった友達がいるんです。みんなで見に行ったんですよ。夜中にドライブがてら。確か一番上の、一番右の部屋でした」

「よし、じゃあそこに行ってみよう。ありがとう。助かるよ」

繁が仲村渠夏美に言う。

「いいんです。繁先輩の頼みなら、何でもＯＫですよ」

夏美は意味ありげに繁をたっぷり三秒ほど見つめる。

「恩にきる」

繁が前を見たまま言う。

「じゃ、行きます！」

仲村渠夏美は元気に言うと、クルマを降りて、玉寄・ロケーション・サービス、〈ロケサー〉

のほうへと走ってゆく。

「奴らがまだこのビルにいるうちに、先回りしておこう」

「マンションですね。エロメタルの」

繁がまじめな顔で言い、国道五八号へとクルマを向ける。


那覇の北、長らく放置されていた米軍施設の広大な跡地に、大型ショッピング・センターやシネマ・コンプレックスなどの商業施設を中核とし、今もなお開発の続く那覇新都心。もとの地名をとって「天久新都心」とも呼ばれるこのエリアは、西の端で沖縄の大動脈、国道五八号線に、東の端で国道三三〇号線に、それぞれ接している。

国道五八号の、さらに西、那覇新港に面した一帯にも、「天久」という住所は続いているのだが、こちらは再開発地区には指定されなかったため、長く閉鎖されたままのリゾート・ホテルや、墓地、古めかしい住宅街などが、遺跡のように残っている。

古めかしい住宅街の奥に、玉寄和馬のマンションはあった。外壁をオレンジのペンキで塗られた六階建て。エレベーターはついておらず、コンクリのくたびれ具合から、築四十年は経過してそうだ。

マンションの六階まで階段を登り、玉寄和馬の部屋を探す。

各部屋の玄関は、すべて外廊下に面している。ずらりと並んだ玄関ドアの右上には、左から順に、六〇一、六〇二と部屋番号が、その下には住人の名前が掲げられている。一番右端の部屋の前に立つ。六〇九号室。この部屋には表札が出ていない。

玄関ドアの左上には、電気の使用量を示すメーターがあり、針はごくゆっくりと回転している。室内で、エアコンや電子レンジといった電気を食う家電は使われていないということだ。

鉄製のドアに耳をつけ中の様子を伺う。話し声や、テレビの音声は聞こえない。ドアに耳をつけたまま、ドア横のチャイムを押してみる。ブザーの音が、短く「ビッ」となり、それっきり静まり返っている。六〇九号室の前を離れ駐車場に戻り、繁のクルマで玉寄和馬の帰宅を待つ。

一時間後。マンション前の駐車場に、真っ赤なＢＭＷの2シーターが滑り込んで来て、一度だけ空ぶかしした後で、エンジンが止まる。ソフトトップをかけた車内からドライバーが降り、ドアを閉める。駐車場は暗く、ＢＭＷまでは百メートル以上離れていたが、身体的な特徴から、ドライバーは玉寄和馬に間違いない。和馬は小さなバッグを小脇に抱えて、建物の中へ入ってゆく。後続がいないことを確認し、六〇九号室へと向かう。部屋の前でドアに耳を当て、中の様子を伺う。静かなままだ。チャイムを押す。チェーンをしたままドアが薄く開けられ、玉寄和馬が顔を出す。

和馬の顔を見てうなずく。

「先ほどは、どうも」

「早いな。まぁ、どうぞ」

和馬がいとも簡単に私を部屋に入れる。私の訪問を予想していたかのようだ。和馬が土足で部屋に入ったので、私も従う。

驚いた。部屋の中がものすごく広い。隣の部屋との境にあるはずの壁が、梁だけを残して取り払われていて、二部屋ぶち抜きになっている。部屋から眺める那覇新港の夜景が素晴らしい。何も遮るものがないので、窓一杯に、大海原が横たわっている。昼間なら、海の上を飛んでいるような錯覚に陥るだろう。部屋の中には、このパノラマを楽しむためのソファが置かれているだけで、がらんとした倉庫のような雰囲気だ。和馬が部屋の右手奥のドアを開け、中に入る。ベッドや衣装ケースが見えたので、プレイベートな空間なのだろう。和馬はすぐに部屋から出てくると、ソファに座るよう、身振りで示す。

「しかし、早いな。留守電に伝言入れて、まだ十分もたっていない」

和馬が言う。

「その伝言、聞いてないですね」

正直に言う。

「じゃあ偶然か」

「私の方は、先ほど宜野湾の事務所で聞けなかったことを、もう少し聞かせてもらえれば、と思って」

「そう。ま、ちょうどいいや」

和馬は私の顔から少しだけ視線を外して話している。

「さっきの金城、よく知ってるの？」

「まぁ。昔の同級生で、その後もなんやかやと。あなたはどこで？」

「親父のところに出入りしていた。うちはもともとロケーション・コーディネイトが仕事だ。繁華街とかで撮影とかする時は、地元のああいう連中にも、話を通さなきゃいけないことがあって」

「なるほど」

「しかし今回は参った。ご想像どおり、柚を見つけてくれと金城に頼んだのは僕だ。なのにあいつ、手間がかかったから、もっと金をよこせと」

「ははぁ」

「最初に金額は決めておいたのに、その何倍もの金を吹っかけてきやがって」

「いくらです?」

「五〇万」

「ほう」

「君がうちの会社に来た時、ちょうどその話をしていたんだ」

「言ったでしょう。奴を信用しちゃダメだと。で、金は用意した?」

「キャッシュカードで下ろしたよ。コンビニ、三軒廻って」

「払う気ですか?」

「仕方ない。他に手がないんだ」

「金城のやってることは、明白な犯罪だ。営利誘拐。捕まれば実刑まちがいない」

「それを最初に頼んだのは僕だ。警察になんて言う?」

「ふむ」

「君の言った通りだ。ヤツを信じた僕が甘かった」

「しかし、なんで柚に直接会いに行かなかったのです？」

「何度も連絡したさ。何度も居場所を調べて出かけて行ったさ。でも、そのたびに居所を変えて、二人で逃げ回って」

「二人？　知花柚と、もう一人？」

「そう。柚と、麻理子。私の妻だ」

知花柚には連れがいる？　初耳だ。


桃原繁に話が長びくと伝え、和馬の話の続きを聞く。

「もともと、私に柚を紹介したのは、麻理子だ。二人とも、宮古の出身で、昔から顔見知りだっだ。歌のうまい子がいるって、麻理子が言うんだ。宮古じゃ有名だったと。那覇の民謡パブまで見に行った。普段、麻理子は仕事には口出ししない。なのにあの時は見に行った方がいいと言うから」

「そうですか」

「驚いた。深いところで人の心を打つ、そういう歌だった。声の質だろう。なかなかああいう声の持ち主はいるもんじゃんない。で、うちが契約した」

「なるほど」

「しばらくして、柚が個人レッスンをしてほしい、と言い出した。僕に言わせれば、彼女にはレッスンなんて必要ない。柚の魅力は、荒削りで、誰にも似ていないところだ。下手にレッスンなんかして、色がついてしまうのが怖かった。でも、初日から柚の方から積極的に接近してきて」

「そうなんですか」

「君が信用しようがすまいが、どうでもいい。僕だって、最初はおかしいと思った。何か魂胆があるんじゃないか、と。でも、柚はとても魅力的だった。だまされてもいい、と思った。深い仲になるまで、時間はかからなかった。そして、こっちが夢中になったとたんに、姿を消した。妻と一緒に」

「なんでまた？」

「そんなことは柚に聞いてくれ。とにかく、彼女は麻理子を奪って、私の前から姿を消したんだ」

「奥さんとはうまくいっていた？」

「もちろん。今回のことがあるまではずっと。でも、もしかしたら、うまくいってると、私が思っていただけなのかもしれない」

髪を腰まで伸ばし、若づくりな身なりをしているが、今の和馬は、年齢にふさわしい疲れを身にまとっている。

「さて」

ちらりと腕時計を見て、和馬が立ち上がる。

「時間だ。金城に金を払わなきゃならない。正直、知花柚はどうでもいい。しかし、麻理子を失うことはできない。麻理子の居場所を知っているのは、知花柚だけだ」

和馬はプライベートルームに入ると、小さなバックを持って出てくる。

「僕は行くけど、君は?」

「どうして欲しいですか?」

「一緒に来てほしい。あいつはどうも信用できん。ただし、君と金城が顔を会わせると、面倒なことが起きそうだ。僕になにか起きるまでは、近くで身を隠していてもらえないか」

「そうしましょう」

和馬と一緒に六〇九号室を出る。駐車場で繁のクルマに乗り込み、前を行く和馬のＢＭ

Wを追いかけるようにと頼む。繁は「了解」と短く言って、クルマを発進させる。

車内でこれまでのことと、これからのことを繁に説明する。繁は何度か短く頷き、あとは運転に集中する。天久の古びた町並みを眺めながら、和馬に聞いた話を、頭の中で整理する。和馬と柚が不倫。結果、和馬の女房が家出。しかも旦那の不倫相手と一緒に。考えれば考えるほど、奇妙な話だ。

三人の間になにがあった?


ランディ金城が指定してきた待ち合わせ場所は、コザ小学校裏、八重島にある沖縄市民会館の駐車場。時刻は午前〇時。この時間、駐車場にクルマは無く、人通りも途絶えている。悪だくみにはちょうどいい場所だ。

十一時五十分に現場についた玉寄和馬は、ぼんやりと外灯で照らされた駐車場の端にBMWを停めて、エンジンを切る。

私たちは、車道を挟んで市民会館の反対側に建つ、商工会議所の駐車場にクルマを入れる。ここなら、ランディ金城たちに気づかれることなく、両者の動きを見ることがでる。

深夜〇時。誰も来ない。

十二時五分。やせ細った野良犬が一匹、駐車場を横切る。十二時十五分。相変わらず、駐車場には真っ赤なＢＭＷが一台だけ。車内灯が点灯する。目を凝らして和馬の動きを見る。携帯に着信があったようだ。和馬はすぐに電話を置き、室内灯を消す。

「なんでしょう?」

繁が尋ねる。

「なにかあったたな」

ＢＭＷのエンジンがかかり、市民会館の駐車場を出るとすぐに右折、県道八五号に向かう。我々の前を通る時に、和馬が左手をあげ「ついてこい」とジェスチャーを送ってくる。繁が反応してクルマを出す。ＢＭＷは八五号沿い、ゲート通りを超えてすぐのマクドナルドの駐車場に入る。

「逃げられた、と言っている」

現金入りバックを大事そうに抱えた和馬が、繁のクルマに近寄り言う。

「だから、今回の取引はなしだと」

「そうですか」

「コーヒーでも飲むかね」

和馬が言う。相当のプレッシャーを感じていたのだろう。脱力した彼はひどくやつれて見える。

「つきあいますよ」

私と繋はクルマを降り、和馬とともにマクドナルドに入る。

「ヤツの事務所って、どこにあるの？」

和馬がコーヒーの紙コップを手にＦＲＰ製の椅子に腰を下ろす。

「中の町なかどおり。スナックなんかが入っている古い雑居ビルの二階です」

「知花柚は、そこを逃げ出したらしい。金城がうちの会社にいた間だというから」和馬はちらりと腕時計を見て「もう六時間も前の話だ」と続ける。

「やつら、逃げられたこと、私には隠しておいて、約束の時間になるまで、ずっと探していたんだ。でも、いまだに見つかっていない」

「いい気なもんだ。柚が警察に駆け込んだら誘拐の現行犯だ」

「そうはしない、と踏んでいる。柚は警察には行かない、と」

「なぜ？」

「警察にいけば、自分や麻理子の居場所が私にバレる」

「なるほど」

アイスコーヒーをひとくち。泥水のような味がする。

「探偵というのは、雇うのにいくらかかるんだ?」

参考までに探偵業の料金を教える。

「仕事を依頼したい」

と和馬。

「仕事の内容は?」

「妻を捜してもいたい」

和馬が言って、めずらしくまっすぐに私を見る。マクドナルドの明るい照明の下でみる音楽プロデューサーの顔は、すっかり疲れ果てていて、目尻や口元の深いしわが、まるで老人のようだ。


深夜のミーティングを終えた私たちは、その足で宜野湾の玉寄・ロケーション・サービスに向かい、知花柚と玉寄麻理子の写真を和馬から受け取る。柚は、どこかのステージで、絣の着物を着てにっこり微笑んでいる。玉寄麻理子はちゅら海水族館の水槽の前でたたずんでいる写真だ。一緒に写真を見ていた桃原繁が「へー」と声をあげる。

「なに?」と私。

「これ、城間麻理子だ」

「誰だい? 城間麻理子って?」

繁によると、城間麻理子は知る人ぞ知る伝説の歌姫だ。幼い頃から地元宮古で島歌を唄い、抜群の歌唱力から神童と呼ばれる。高校卒業後に大手音楽会社と契約し、何曲かの全国的なヒットを出す。直後、精神のバランスを崩し、アルバム一枚を発表しただけで、音楽の世界から姿を消したという。

「彼女、こっちにいたんだ」

桃原繁に和馬が言う。

「麻里子が不安定だった時期に、ずっと僕がそばにいたんだ。なんと言っても、うちから出た、最初のスターだからな。そのうち彼女は僕無しには何もできないってことに気づいた。お互いに話し合った上で、結婚することにしたんだ」

和馬は麻理子の写真をうっとりと眺めている。いつまでも思い出話につきあっているわけにもいかないので、玉寄・ロケーション・サービスを後にする。

深夜三時。アパートに戻ると、留守番電話がランプを点滅させていた。伝言は二件。最初は玉寄和馬。電話をくれ、と言っている。この直後、私たちは彼のマンションで直接話をしたわけだ。もう一件は、知花柚から。

「柚です。心配かけてすいません。いろいろありましたが、私は無事です。当分の間、この島を出ようと思っています。探偵さん、見ず知らずの私に、優しくしてくれてありがとう。でも大丈夫。もう何も怖くないです。じゃ、さよなら」

しばらくのツーツー音のあと、合成音声で、用件の録音された日時が読み上げられる。柚が伝言を残したのは、今から一時間ほど前。金城からうまく逃げ仰せたようだ。そして「さよなら」と言っている。二度と私に会うつもりはないのだろう。彼女がそう決めたのなら、文句はない。しかし問題はある。

玉寄麻理子を探してほしい、と夫の和馬に依頼された。その麻理子は、柚と一緒に逃げている。麻理子を追えば、必然的に、知花柚を追うことになる。例え彼女が再会を望んでなかったとしても。

7

二日ぶりにベッドに潜り込み、二時間後に、眠入ったままの姿勢で目を覚ます。時刻は午前六時。部屋を出て、タクシーをひろい那覇空港へ。タクシーの後部座席で、知花柚と玉寄麻理子の居場所を考える。私が知花柚と出会ったのが、五日前。その時点で、彼女は食事代にも事欠いていた。柚は電話で「この島を出る」と言っていた。金も、仕事もなく、さらにはランディ金城たちにまで追われる二人が目指す場所、それはふるさと宮古島ではないか、と考えた。

宮古へは、空路と海路がある。飛行機なら、那覇、宮古間をJTAとANAが一日十便以上飛んでいて、所要時間は四五分。料金は一万五千円。海路は那覇港と宮古平良港の間を十時間でフェリーが結んでおり、こちらは週に一便。料金は二等和室で四二五〇円。

宮古行きJTAの第一便は朝の七時半那覇発。今日いっぱい、空港で張り込みをしようと考えて、向かっている。スピードを選ぶのであれば、二人はきっと、那覇空港に姿をあらわす。選ばないのであれば、料金三分の一ですむ海路を選ぶ。明後日が木曜日。琉球海運の宮古行きの出航日だ。私は二人の行動を、そう予想した。

那覇空港二階出発ロビーで、張り込みする。昼過ぎには桃原繁も加わり、交代で昼食を取り見張る。午後一時二十分発、ＪＴＡ七三四便の搭乗受付締め切りのアナウンスを聞いてから、繁に後を託し、空港を後にする。

エスカレーターを駆け下り、到着ロビー前でタクシーを捕まえ、コザへと取って返す。昨日、電話で話した太田又造に会うためだ。彼は太田たえに関する、なんらかの情報を持っているらしい。

又造との電話が昨日のことだとは驚きだ。そのあと、あまりにも多くのことが連続して起こっている。アルコール依存症の男が、依存することを忘れるほどだ。

起伏にとんだ諸見里公園のすぐ近く、園田公民館の裏に、太田又造の家はあった。公民館からは、エイサーの練習なのだろう、パーランクーを叩く音が聞こえている。青いペンキが分厚く塗られた木造建築。コンクリート瓦の乗った屋根には、漆喰シーサー。私は庭に涼しげな影を作り出しているガジュマルの下を通って、太田又造の家に入る。

「ごめんください」

二番座に座り込んでいた男がこちらを見る。

「昨日電話した、探偵の新垣ジョージと申しますが」

笑顔で会釈する。男は「探偵?」とつぶやく。

「昨日話の続き、お聞きできればと思って」

「別に話なんか、ないんだけどね。ま、そこに座って」

縁側に腰を下ろす。トートーメが鎮座する二番座敷。ちゃぶ台には、プラスティック容器に入った食べかけのソーミンタシャと湯のみが置かれ、畳の上には島酒の一升瓶が置かれている。

「酒が切れてね。買いに行こうかどうしようかと思ってたんだ」

ちゃぶ台の向こうで太田又造が言う。

「そうですか」

笑顔で言う。太田又造が私をじろりと見る。言いたいことがあるようだが、それが伝わらない。

「なにか?」

「酒がね、ちょうど切れたもんでね」

「ああ、買ってきましょうね」

手みやげを催促していることにようやく気づく。太田又造は「一番安いヤツでいいから」と笑う。この家に来る途中、スーパーかねひでがあった。十五分後。菊の露の一升瓶をぶらさげ太田家に戻る。

「上等」

又造に瓶を渡す時、汗と酒が混じり合った、強い匂いが鼻を刺す。

「座んなよ」

又造はちゃぶ台の前にどっかりと座り、一升瓶の中身を湯のみについで、ぐっとあおる。

「飲むかね」

丁重に断り、昨日の電話の続きを聞きたい、と告げる。又造は湯のみにちょっと口をつけ「なんだっけかな」と言って、首をひねる。本当に何も覚えていないようだ。

「又造さん、おいくつで?」

「八十、いや八一かな?」

又造があくびをする。八一。ということは、終戦の時にははたち前後の青年で、記憶もしっかり残っているはずだ。

「戦争のことは覚えてます？」

「いいや。悪いことは忘れることにしてるからね」

「今は一人暮らし？」

「ばあさん、七年前に逝っちまってね。息子夫婦は名護にいる」

「昨日の電話、あれは誰のことですかね」

「電話？」

「前の戦争で、ひとりぼっちになってしまった親戚の娘さんがいたと、話してくれたじゃないですか」

「そうだっけね」

又造は手のひらで額をこすり、大きなあくびをする。

「娘さん、名前は覚えている？」

「さて、なんといったかな」

「もしかして、太田たえ、という名前ではなかった？」

「なんといったかなぁ」

「じゃあ、その娘さんのお住まいは？　那覇とか、首里とか、やんばるだとか」

「ワシは園田生まれの園田育ちじゃ」

「親戚の娘さんの話ですよ」

「親戚？」

「そう」

「どの親戚？」

「親戚の娘さんで、戦争でひとりぼっちになってしまったという」

「そうだっけかな」

又造は何杯目かの島酒を湯のみにつぎ、喉を鳴らして一気に飲みほす。それから十分ほど禅問答のような会話をかわした後で、私は太田家を辞去した。どこかで一杯飲みたい気分だ。

部屋に戻り、シャワーを浴びる。そろそろ桃原繁が空港から戻ってくる時間だ。宮古行き最終便の出発時刻は六時五分。今まで連絡が無かいところを見ると、知花柚と玉寄麻理子は空港に姿は見せなかったのだ。

今夜はこれで仕事を終わりにして、桃原繁と飯でも食おう。やるべきことは山のようにあるが、おとといからの睡眠不足が、どんよりと体に蓄積されている。たまにはぐっすり眠ったほうがいい。キッチンでバーボンソーダを作り、ソファに腰を下ろすと、玄関をノックする音が聞こえる。グラスをテーブルに置き、玄関へと向かう。

「いるのか」

かりゆしウェアに麻のズボンを履いた宮城が部屋に入り、ダイニングチェアに座る。

「暑いな。今年一番らしい。そろそろ一雨きてくれないと、水不足で大騒ぎになる」

「珍しい。君が天気の話をするとは」

宮城が私の顔を見る。

「ずっと、ひどい顔をしていたな」

「そうか」

「ようやくマシになった。喜屋武が喜んでいたよ。以前のあんたに戻ったって。わざわざ電話してきてな。まぁ私も同じ思いだ」

「そうか」

「ランディ金城がなにやらごそごそしているな。天願の件に関係してる?」

「いや、別件で少しもめたがもう大丈夫だ」

「ヤツらこの町のダニだ。何かあったらすぐ知らせてもらいたい。うちのまる暴が飛び上がって喜ぶ」

「そうするよ」

宮城は頷く「そのうちよねさか屋で飲もう」と言って、部屋を出てゆく。入れ違いに桃原繁が帰って来る。寝不足で目が赤い。

「来なかったよ」

疲れた様子で宮城が座っていた椅子に腰を下ろす。

「じゃあ、明日の船便か」

「安謝埠頭なら、見張るのが楽だ。乗客の数が全然違う」

繁があくびを噛み殺す。

「どうだい、たまにはステーキでも」

「賛成」

部屋でオリオンの缶を一本ずつ飲み干してから、ゲート通り裏のステーキハウスへと出かけることにする。

アパートの階段を降りると、そこにランディ金城一味が勢揃いしていた。金城を筆頭に、知花柚と出会った夜に、私たちを追いかけてきた茶髪男とその相棒、そしていつも金城と行動をともにしている若造ふたりの、計五名だ。

「どこへ行く?」

金城が笑顔で言う。

「お前にゃ関係ない」

「ほう、お友達の前だと勇ましいな。この前はただのサンドバックになってたくせに」

金城が薄笑いを浮かべたまま言う。

「そのお友達はどこの誰なんだ?」

「彼はこの事件には関係ない」

「だったら早く帰った方がいいですよ。これからあまり楽しくないことがおきますからね」

茂は黙って金城の顔を見つめている。

「あの白頭はどこにいる?」

金城が言う。

「逃げられたらしいな。諦めろ」

「ダメなんだ。なにせ玉寄クンの頼みだからな」

「彼はまだあんたに探してもらいたがっているのか?」

「ああ」

金城が言ってアスファルトにつばを吐く。

「もう一度だけ聞く。あの小娘はどこだ?」

「知るわけないだろう」

私は歩き出し、どんどん金城に近づき、その横を通り過ぎる。

「待てよ」

金城が振り向く。立ち止まらずに歩き続ける。後ろから金城の子分が駆けてきて、行く手をさえぎる。しかたなく立ち止まる。昼間の熱がたっぷりとこもった歩道で、私たちは対峙する。

「ジョージよ。誰もいない静かなところで話し合おうじゃないか」

「嫌だ。腹が減ってるんだ」

「まかせとけ。痛みで空腹なんか忘れさせてやるよ」

目の前の子分たちは無表情で私を眺めている。彼らを避けて歩き出す。通堂町で出会った茶髪が金城の顔を見る。金城が頷く。若い二人組が動いて、私の動きを止めようと腕をとる。振りほどこうとして、もみ合いになる。あとの二人が加勢する。四対一。羽交い締めされ、地面に寝転がらされる。頬に触れるアスファルトが信じられないほど熱い。顔を横に向けると、革靴が見える。手入れの行き届いた舶来ものだ。

「意地を張るな。シカマクーのくせに」

金城が「指」と低い声で子分たちに言う。子分たちは、私の右手を地面に押しつけ、力づくで指を広げる。

金城がすぐ近くにしゃがみこんで話しかける。

「ジョージよ。小指から順に折ってゆくけど、早めに話したほうがいいよ。全部折られると、そばも食えなくなる」

無駄を承知で必死に足掻く。

「ほんとは知ってるんだろ? 白頭の居場所」

金城は私の小指を右手でしっかりと握り、手の甲の方に向けて力を入れてゆく。小指がどんどん曲がってゆく。具体的な痛みよりも、小指が裂けて、とれてしまうのではないかという恐怖感から、大声で叫ぶ。

その時、私を含めた全員に液体が降り掛かる。匂いから、ガソリンだと分かる。液体はバシャバシャと音をたてて、大量に振りかけられる。その場にしゃがんだり、寝転がっていた私たちは、とっさには逃げられずガソリンまみれになる。目に入ったり、口に入ったりしたガソリンをなんとか取り除こうと、それぞれが立ち上がり、涙を流し、激しく咳き込む。

「てめえ」

金城がかすれた声を出す。すぐ近くに、十リットル入りの真っ赤な石油缶を持った桃原繁が立っている。

「ジョージさん、こっち」

走って繁の背後に回り、手渡されたウェスで顔をふく。繁は金城一派と対峙しながら、金属製キャップを開けたタンクを左手に持ち、ポケットから百円ライターを取り出すと、その着火石に右の親指をかける。

「やめろ！」

「よせ！」

私と金城一派の茶髪男が同時に叫ぶ。

「ジョージさん、離れて」

繋が低い声で言う。

「やってみろ！　このガキ！」

金城が繋に向かって来る。繋が着火石を右手の親指でこすり、ライターを点火させる。

金城がその場で足を止める。

私と子分たちは、それぞれ反対方向へと走り出し、繋と金城の二人から五メートルほどの距離をとって様子をうかがう。

繋がタンクにライターの炎を近づける。その場に踏みとどまり、ボスの威厳を見せていた金城が、「やれやれ」というように頭を振り、我々に背を向け、パークアベニューの方へと歩いてゆく。自然な態度を装っているが、歩くたびに舶来ものの靴が、ガポガポと音をたてる。金城とその子分たちの後ろ姿を十分に見送ってから、繋がライターを消す。私は五メートルの距離を保ったまま、声をかける。

「爆発するぞ」

「これ、から。最初に全部使っちまったんだ」

足下にタンクを置き、繋がこちらに歩いて来る。

「どうしたんだ？　そのガソリン」

「この前墓掃除したんだ。その時の残り」

「そうか」

私は言ってむせ込む。

「だいじょうぶ？」

「シャワーを浴びる。それから」

「それから？」

「それから、ステーキだ」

「よかったよ。ジョージさんがステーキにならないで」

数歩歩いてから、立ち止まり「ひどいジョークだ」とつぶやく。桃原繁が声を出さずに笑っている。


念願のステーキ屋になんとかたどり着くことができた。血の滴るベリーレアなテンダーロイン、大ジョッキの生ビール。体が多少ガソリン臭かったが、三杯目のジョッキを空けると緊張も解け、気分もマシになる。最後にアイスクリームをたいらげ、腹ごなしに歩いて部屋まで戻る。

「今夜はうちに来ますか?」

静まりかえるパークアベニューを歩きながら、繁が言う。

「君の家?」

「ヤツらまた来るかも」

「だからこそ、今夜はあの部屋で眠らないと」

「どうして?」

「今夜逃げると、一生逃げることになる」

私が言うと、繁は「なるほど」といい、あとは部屋までの道を、二人で黙って歩く。

幸い、金城一派もそれ以上暴れなかったので、ぐっすりと朝まで眠る。何年かぶりに、ドアの鍵をかけることは忘れなかった。

翌朝五時に起きて部屋を出る。桃原繁のクルマに乗り込み、那覇空港へ。途中、A&Wでハムサンドを買い、車の中で朝食を摂る。

那覇空港の立体駐車場にクルマを停め、私たちはその日いっぱい、ひたすら宮古行きの乗客を見送った。結局、知花柚と玉寄麻理子は姿をあらわさなかった。

コザへの帰り道、繁が大きなあくびをひとつ。

「しょうがない。二人は空港に来なかった、ということを確認するのが、今日の仕事だったんだ」

「そう」

「探偵仕事の大部分は、こんなもんだ。ひたすら待って、待って、いつの間にか一日が終わる。それが二日、三日と続く。待ち時間が長いと、自分の人生これでいいのか、なんて考えちまう」

「わかる気がする」

「そのうち頭を麻痺させる術を覚える。パソコンのスリープ状態と同じ。目と耳は機能してるが、それ以外は休止する。何も考えない。何も感じない。機械的に見張ってる」

「へー」

「そうでもしないと、精神的に病んじまう」

「そうなんだ」

桃原繁とは、ここ数日の間にずいぶんと親密な関係を築いた。親しくなってわかったが、繁は好奇心旺盛だ。特に、探偵仕事については興味津々で、あれやこれやと尋ねてくる。

「明日、見つかったとしてさ。玉寄氏の奥さん。帰りたくないって言ったらどうするの？

どうしても宮古に行きたいって言ったら」

「それは、その時のことだ」

「そのまま行かせるってのもあり?」

「そりゃそうさ。探偵は警官じゃない。人に無理矢理何かをさせたり、させなかったりする権限は何もない」

「でも、現場に玉寄氏を呼べば、力づくで止めるよ」

「明日、安謝埠頭に行くのは、私と君だけだ。そこで、彼女たちに話を聞こう。それから後のことを考えても、遅くはない」

「なるほど」

繁は納得したのか、あとは黙って運転に専念している。

沖縄南インターで沖縄自動車道を降り、アパートの駐車場にクルマを入れ部屋に戻る。ドアをあけると、部屋の奥で留守番電話のランプが点滅し、伝言があることを教えている。再生ボタンを押す。

「ええっとぉ、太田だけどぉ、太田又造。思い出したことがあって電話したんじゃ。この前、言い忘れたけどもよ、まぁ、どうでもいいような話なんだけども、お前さん、どんな話でもいい、と言うからよう、あのさぁ、この前の話の続きなんだけど」

と、ここまで話したところで、伝言は唐突に切れている。

「いたずら？」

そばで聞いていた繁が尋ねる。

「知り合いのじいさんだ。酒を持ってこいという催促だろう」

「酒を？」

「まぁ、いい。それより腹が減ったな。何か食いに行くか」

「そうですね。どこに行きましょうか」

「八時か。ゴヤ市場に面白い屋台の飲み屋があるんだが」

「いいですね、屋台。行ってみたいです」

「北海道料理がうまいんだ」

「なんです？　北海道料理って」

「ジャガバターとか、ホッケの塩焼きとか、そんなもんだ」

「へー。行きましょうよ。そこ」

というわけで、私は桃原繁と一緒に、よねさか屋に行くことになった。

8

那覇には港が三つある。一番南に那覇港。奄美諸島経由、本土行きのフェリーが出る。那覇港のやや南、最も繁華街に近い港が、泊港。座間味や久米島など、本島近海の離島便が発着する。那覇市の一番北寄りにある港が、宮古、石垣、台湾への船が発着する那覇新港で、その所在地から、安謝港とも呼ばれる。

那覇新港の旅客ターミナルは、年季の入ったリノリウムの床と、シミの浮き出たコンクリートの壁が、昭和の匂いを濃厚に醸し出しており、旅情がある、と言えるかもしれない。

琉球海運のフェリー「わかなつおきなわ」は、ここから週に一度、車両と貨物、旅客を混載して、宮古経由、石垣島までを、約二十時間かけて渡ってゆく。出航は夜八時。

午後五時。旅客ターミナルに入ると、二階事務室、非常口、駐車場などを見て回り、おおまかな位置関係を把握する。埠頭の先端には船体に大きくＲＫＫの文字が描かれた大型フェリー「わかなつおきなわ」がすでに入港していて、荷物の積み込みを行っている。

午後七時。ターミナルの出入口を見渡せる駐車場にクルマを停め、様子をうかがう。すぐに私と繁の目の前を通って、知花柚が姿をあらわす。

「来た」

「柚さんか。思ったより小さいな」

薄い黄色のサングラスをかけ、エスニック調のふわふわしたオレンジのロングドレス。アジアンテイストの大きな布バックを、肩から斜めにかけている。カツラを新調したのだろう、長い黒髪が、背まで達している。

「うまく化けたな。あれじゃ金城にゃ、分からんだろう」

「麻理子さんはどこ？」

「別々に行動しているのだろう。一度は金城に誘拐されたんだ。そうとう警戒しているはずよ」

「じゃ、行くよ」

桃原繁が乗船客待合室へと歩いて行く。彼は知花柚にも、玉寄麻理子にも顔を知られていない。繁が待合室で待機し、二人の姿を確認したところで、私が中に入ってゆき、話を聞くことにした。

車の助手席で、知花柚のことを考える。柚の方から近づいて来た、と玉寄和馬は言っていた。柚は和馬に好意を持っていたのか、それとも別の目的があって、近づいたのか？

他に目的があったとして、それは何か？　考えられるのは、和馬の母親玉寄喜代美が持っている、本土の芸能界への影響力だ。レースの最後は本人の才能次第だろうが、肝心のスタートラインに並ぶことさえ難しい業界だ。そんな中で、柚が和馬と特別な関係を築ければ、自分のこれからのキャリアにおいて、有利なことは目に見えている。

しかし、柚は和馬との関係を自らぶち壊し、その上、和馬の妻、麻理子と一緒に彼のもとを逃げ出した。そして、自分に麻理子という連れがいることを、私に隠していた。一体何が、柚をそんな行動に駆り立てているのか。動機の見えない行動ほど、結果の予測が立てにくいものはない。

ターミナル入り口に、タクシーが横付けされ、客が降り立つ。目深にかぶった帽子で顔が隠れているが、年格好からすると、玉寄麻理子である可能性が高い。濃紺の綿素材のワンピースに茶色のサンダル。優雅な、と言ってもいいほどゆっくりした足取りで、旅客待合室へと入ってゆく。

時刻は午後七時三〇分。じきフェリー「わかなつおきなわ」への乗船が始まる。女性が待合室に入ってすぐに、桃原繁が中から出て来て、私が乗っていたクルマに近づいて来る。

「来たよ、玉寄麻理子」

「そうか」

「柚さんは、待ち合い室、入って右手、麻理子さんは左手に、お互い知らん顔して座ってる」

「柚に話を聞いてみる。繁は気づかれないよう麻理子さんを」

桃原繁はうなずくと、旅客ターミナルへと歩いてゆく。時間をとってから待合室へと歩いてゆく。

待合室右手に乗船客受付窓口があり、すでに数名の客が列を作っている。左手奥にはトイレと古びた簡易食堂。食堂では、おばさんが頬杖をついて韓国ドラマを眺めている。受付窓口の正面、ＦＲＰ製の椅子に腰掛けて、知花柚がじっと前を見ている。彼女の正面に大きなガラス窓。その向こうには、真っ暗な海が横たわっている。柚に後ろから近づきながら、ちらりと待合室の左手を見る。帽子を目深にかぶった玉寄麻理子が椅子に座っており、近くを走り回る男の子を眺めている。

視線を知花柚に戻す。柚が私に気づく。正面のガラスに私の姿が映っているのだ。待合室の中が明るく外が暗いので、ガラスが鏡の役割を果たしている。

柚が私を見つけ、そのことを隠そうと、すぐに下を向く。しかし、自分もまた私によって見つけられていると察した彼女は、サングラスを外して窓ガラス越しに私の顔を見る。

「探偵さん」

柚がガラスの中の私に笑顔をみせる。

「やぁ」

柚の隣りに座る。

「なに、どうしたの?」

柚が自然にしゃべりかけてくる。あまりに自然で、不自然だ。

「カツラがおニューだ」

私の軽口を無視して「偶然? それとも何か用?」と柚が尋ねる。

「用があるのは、君の連れにだ」

そのひとことで、知花柚がすべてを察する。

「あいつに雇われたのね」

声が冷たい。

「そうだ」

素直に認める。

柚は二秒ほど私を見つめた後で、立ち上がり、黙って待合室を出て行く。私は彼女の後をついてゆく。

待合室を出てすぐのところで、知花柚が棒立ちになっている。後ろから近づくと、彼女の視線の先の暗闇に、金城とその部下、茶髪男の姿がぼうっと見える。柚が走り出す。私も彼女の後を追って走り出す。金城と茶髪男が柚と私の後を追って走り出す。

埠頭の敷地内には、積み出しを待つコンテナが何段も山積みされている。すでに今日の作業は終わっており、動き回る重機も、作業員の姿も無い。水銀灯に照らされたコンテナの谷間を、知花柚と私、そして金城と茶髪男はただひたすら走る。

十分後。観念したのか、柚が走る速度を落とし歩き始める。私も柚の後を歩く。遅れて金城と茶髪がこちらに向かってよろよろと走ってくる。

「なんで来たのよ」

柚が歩きながら言う。

「依頼されたからだ」

「依頼されたら、何でもやるの」

「探偵の仕事であれば、たいていは引き受ける」

「で、どうする気？」

「とりあえずは、あの二人をなんとかする」

「仲間じゃないの？」

「冗談じゃない」

その場に立ち止まり、よろよろと走って来る金城と茶髪を待つ。

私たちに追い着いた金城は、肩で大きく息をしている。

「お前、喧嘩は、弱いが、走るのは、速いな」

金城が言う。

「贅肉つけすぎだ」

私が言う。

「死なすよ」

金城が言う。

私は金城に向かって歩き出す。金城が身構える。私は金城の下半身に組み付くと、そのまま彼を持ち上げ、一気に五メートルほど走る。それ以上先に埠頭は続いていない。私は金城とともに、真っ暗な海面に向かって、二メートル落下する。

真っ暗な海に落ちると、たいていの人はパニックに陥る。何度も夜の海で潜った事のある私も、呼吸が早くなる。深呼吸して気持ちを落ち着かせ、たっぷり酸素を血液に蓄えてから、金城もろとも水中に潜る。

しがみついていた金城が、慌てて私から離れ、一メートルほど上の水面を目指し、両手両足をバタバタと動かしている。水中に没したまま、激しく水を掻いている金城の両足を握って、思い切り海の中へ引きづり込む。海面で大きく口を開けていた金城は、空気の代わりに大量の海水を飲み込む。

二度、三度、同じことを繰り返す。金城の動きが緩慢になる。満足に呼吸ができないので、脳に酸素がゆかなくなり、体の反応が鈍ったのだ。これ以上続けると金城の生命が危うくなる。金城のあごに左腕をからめ、埠頭に上るための階段まで曳航しながら泳ぐ。

「夜の海はきれいだぞ」

金城に話しかける。

「エビやタコなんかが泳いでいてな。夜行性のお前にぴったりだ」

金城はぐったりとしたままで、いつものジョークは聞けない。

茶髪男が埠頭の上で、心配そうにこちらを覗き込んでいる。

「金城を」

階段の途中で金城を茶髪に任せる。水を吸った衣服が重く、私一人の力では持ち上げる事はできなかった。

「死んだのか?」

茶髪が情けない顔で尋ねる。

「失神しているだけだ。念のため救急病院にでも連れてゆくんだな。息はしているから、大丈夫だとは思うが」

茶髪が金城を背負い、旅客ターミナルのほうへと歩き出す。

「運ぶより、クルマを持って来た方が早い」

茶髪が私の助言を入れ金城をその場に転がしてクルマを取りに走ってゆく。びしょ濡れのまま旅客待合室に戻ると、知花柚の姿がある。

「いたのか」

「あんたになんかあったら、後味悪いし」

「そうか」

柚の座っているＦＲＰ製の椅子に近づく。歩くたびにニューバランスがゴボゴボ鳴る。

「水も滴る…」

「そういうことだ。さて、話の続きを聞こう。一体君は何を考え、なにをしようとしているんだ？」

「おまわりみたい」

「私は警官じゃない。君がどこへ行こうと、何をしようと、それを止めたり、やめさせたりする権限はいっさいない」

「彼は、玉寄和馬は来てないの」

「ああ」

「じゃ、私が逃げ出したのは意味無かったのね」

「そう。君が私と金城を自分に引きつけておくうちに、玉寄麻理子を待合室から逃がすつもりだったのだろうが」

「そうよ。今ごろ彼女はフェリーで宮古に向かっているはず」

「どうかな？　明日の一便で飛べば、フェリーよりずっと早く宮古入りできる。先回りされて港で待ち伏せされれば逃げ場はない。麻理子をみすみすそんな船に乗せるはずはない。とすれば、彼女はどこかの待ち合わせ場所に向かっているはずだ。そして、私たちは彼女を見失うことはない」

「私たち？　あなた以外に誰かいるの」

「そう」

「気づかなかった」

「二人が落ち合う場所、決めてあるのだろう。そこへ、私も連れて行ってもらえないだろうか」

知花柚は、黙ってリノリウムの床を見つめている。頭上では蛍光灯が光っていて、周囲を本来の色よりも緑っぽく照らしている。柚の横顔も、青みがかっている。

「なんであなたは私たちのことにクビを突っ込むの」

柚がぽつりと言う。

「まだ友人のつもりなんだが」

「友人？」

「手遅れになる前に、手助けをしたかったんだ」

「それが余計なおせっかいだとしても?」

「余計ではなかった。金城はずっと君たちを追っていた」

「それについては礼を言うわ」

「以前、私は大事な人を失くした。その人は大変に困った状況にいたのに、手を差し伸べることに躊躇して、手遅れになってしまった。力にならせてくれ。手遅れになる前に。友人として」

知花柚は黙っている。

彼女の足下のリノリウムの床には、私の洋服から流れ出た海水が、小さな水たまりを作っている。その水たまりに、涙が落ちるたびにできる小さな波紋を、知花柚は瞬きもせずにじっと見つめている。

「真理子さんはあんなところにいちゃダメなの」

知花柚がタクシーの後部座席で前を見つめている。

「あんなところ?」

「そう。玉寄和馬のところ。お金のことしか考えていない人たちのところ。あの人のこと、大事にしてくれない人たちのところ。あの人は、繊細で、壊れやすいから。たまたま今はこの世にいる、歌の神様だから」

「そうなのか」

「あの人の歌、一度聴いたらわかるよ。ホント、この世の人ではないから」

「君の歌もすばらしいと思ったが」

「私のなんか、麻理子さんの歌に比べたら――」

「君が言うのなら、まぁそうなんだろう」

「だから私は麻理子さんをつれて帰りたかったの。宮古島に」

「整理すると、君は麻理子さんが、玉寄・ロケーション・サービスに代表されるような、商業的な音楽の世界には向いていないと考え、彼女を宮古島へ連れ戻そうと考えた」

「ええ」

「彼女だって別に無理に唄わされていたわけじゃないんだろう？」

「だまされたの、玉寄に。麻理子さん、歌以外のことはどうでもいいって考えちゃうから、強く言われると、それを拒否できないの」

「そうなのか」

「探偵さん、知ってる？　麻理子さんの貯金のこと」

「いや」

「すごい額なの。彼女のデビューアルバム、すっごく売れたから、著作権料だけでもすごい額が振り込まれて。でも、それを管理しているのはあの男。あの赤いクルマも天久のマンションも麻理子さんのお金で買ったのよ」

「なるほど。彼女を手放したくないわけだ。でも、なんで君は和馬を誘惑したんだ？」

「誰がそんなこと言ったの？」

「本人だ。玉寄麻理子を宮古につれて帰りたかったなら、彼女を説得すればそれで済む話だ。何も旦那に取り入らなくても」

「その理由を話したら、私と麻理子さんを行かせてくれる？」

「その理由を話さなくとも、君たちは自由だと言っている」

「そうね。でも、話しておくわ。探偵さん、私のこと友達だって言ってくれたから」

「そう」

「初めて麻理子さんにあったのは、中学生の時。彼女はもう立派な大人で、民謡大会の青年の部で三年連続で優勝していた。私は十五の時に中学生の部で優勝して。それである日、麻理子さんと一緒に唄うことになったの」

「なるほど」

「その時のこと、一生忘れない。麻理子さんと唄っていると、まるで天国にいるような気分。私の声を、麻理子さんの声が包み込んで、どんどん高みに連れて行ってくれて。私、それ以来、彼女のことが忘れられなくなってしまったの」

「そう」

「人を愛する、っていう事があんなに苦しいことだとは、私、それまで全然知らなかった。自分の気持ちを麻理子さんには言えないわけで、ずっとずっと隠していたわけで。会えない時よりも、会ってる時の方が、ずっと苦しいの。だって、やっぱりおかしいでしょう。同じ女なのに、あなたのことを愛しています、寝ても覚めてもあなたのことしか考えられません、なんて麻理子さんに言うのは。でも、それが分かっているくせに、なんだかんだと理由をつけて、彼女に会いにいって。どんどん、どんどん、苦しくなって」

「そう」

「どうして、って何度も思ったわ。好きになった相手が、どうして女性だったのかって。それで、しばらくは麻理子さんとは会わない方がいいって思ったの。あんまり苦しくなっちゃったから。そしたら、彼女、本島に行くっていう話になって。本島の音楽事務所が、麻理子さんに目を付けて、もう契約までしたらしいって話で。で、本島に行ったと思ったら、今度はすぐに東京でデビューして」

「そう」

「私、心配してたの。麻理子さんの近くにいると、分かるのよ。そういうことができる人じゃないって。競争とか、仕事とか、そういうところで歌を唄える人じゃないって。思っていた通り。麻理子さん、一年ですっかり精神的に参ってしまって。それで、彼女の精神的に危うかった時期に、あの男がうまく入り込んで」

「和馬」

「そう。一年ぶりに麻理子さんと会った時には、もうあの男なしじゃ、ご飯も食べられないような状態で。精神的にも、実際の生活も、なにもかも彼に頼りっきりになってた。私、麻理子さんに話したの。一体誰のせいであなたはこんなに追い込まれてしまったのかって。そもそもは玉寄和馬が悪いんだって。でも、私の話なんて全く聞いてくれなかった。彼はいい人だ、命の恩人だ。彼無しでは生きてはいけないって」

「それで？」

「彼を誘ったの。すぐに誘いに乗って来た。そして、その現場を、麻理子さんに見つかるように段取りしたの」

「ふむ」

「分かってる。最低よ。自分で自分が嫌になったわ。でも、しょうがなかった。ああでもしないと、麻理子さんは決して目を覚まさなかった」

「それで麻理子さんは和馬に絶望して、宮古に帰る気になったのか」

柚が小さくうなずき、タクシーの後部座席に深く埋もれる。那覇新港を出たタクシーは、国道五八号を右折して、那覇方面へと向かっている。知花柚と玉寄麻理子の待ち合わせ場所は、国際通りのＯＰＡ前。麻理子が知っている場所が他になかったのだろう。

「今の話、麻理子さんには内緒だからね」

車窓に映るネオンをぼんやりと眺めながら、柚が言う。

「もちろんさ」

しばらくたってから柚は「麻理子さん、私のことも、絶対に許さないだろうから」とつぶやく。タクシーの窓から外を見る知花柚の横顔は、どうしようもなく、孤独だった。

午後九時すぎの国際通りは、観光客と修学旅行の高校生、そして暇を持て余している地元の若者たちで大変な混雑ぶりだ。渋滞中の沖映通りでタクシーを降り、国際通りのど真ん中に建つファッションビル、ＯＰＡへと向かう。玉寄麻理子がビル正面の人ごみの中で、親にはぐれた幼児のような風情で、立っている。

「麻理子さん」

知花柚が、麻理子に駆け寄る。麻理子が柚をみとめ、にっこりと笑う。歌を聴けば彼女が歌の神様だと分かる、と柚は言っていた。今の笑顔を見ただけで、彼女はたまたまこの島に舞い降りた女神なのかもしれない、と思った。

玉寄麻理子は、知花柚と比べるとずっと大柄だ。身長は一七〇と少し。体つきもどっしりとした印象を受ける。目、鼻、口といったパーツがすべて大きな造りで、それが完璧なバランスを保ち、琉球弧の島々に受け継がれて来た、独特な「美」を構成している。それでいて、麻理子の存在がはかなげに見えるのは、表情のせいか。何かに戸惑っているような、困った事に巻き込まれているような、不安げな表情が見え隠れする。

「お疲れさん」

麻理子のすぐ後ろ、人ごみの中に声をかける。繁が私の呼びかけに応え、私たちの前に姿を見せる。

「それ、変装なの?」

繁が私の格好を見て言う。

港でずぶ濡れになった私は、埠頭近くの土産物屋で、「I LOVE OKINAWA」というロゴが入ったTシャツと、緑のバミューダパンツ、島ぞうりに着替えていた。

私は玉寄麻理子に挨拶をし、知花柚に桃原繁を紹介する。知花柚が私に玉寄麻理子を紹介し、麻理子が私たちに笑顔で会釈する。

人ごみと熱気をさけるために交差点の向かい側にあるスターバックスに入る。それぞれの飲み物をカウンターで受け取り、店の奥まった席に腰をかける。

「どうやら私の早合点だったみたい」

知花柚が玉寄麻理子に言う。

「そう?」

麻理子はアイスカフェラテの紙コップを持ったまま柚を見る。

「探偵さん、私たちのことを心配して港に来てくれたの。なのに捕まえに来たのかと、勘違いしちゃって」

「そう」

麻理子の声は、低く、そして深みがある。柚と合流したことで安心したのか、不安そうな影も消え、リラックスしているようだ。

「それはよかった」

麻理子が私と桃原繁に向かって微笑む。横を見ると、繁が麻理子の笑顔に見とれている。多分、自分も同じ顔をしているのだろう。

「宮古に帰ろうという、その気持ちに変わりはない?」

私の問いに、柚と麻理子がうなずく。

「でも、今夜の船は逃してしまった。また一週間どこかに身を隠して、次を待つのか、それとも明日、飛行機で飛ぶか?」

「そりゃあ飛行機に乗りたいけど、そんなお金ないし」

「キャッシュカードもあの男が抑えているのか」

私の言葉に柚がうなずく。

「しかし、滞在費だってバカにならんだろう」

「それは大丈夫。友達の家ならタダだし、ちょっと狭いけど、それだけ我慢すれば。ね、麻理子さん」

「ええ、そうね」

麻理子がにっこり微笑む。

「ひとつうかがってもいいですか？」

私が麻理子に言う。

「ええ」

麻理子が私を見る。

「麻理子さんは、宮古島に帰りたい？」

「ええ、そう」

「それとも、もう少し那覇で頑張りたい？」

「そうね」

「玉寄和馬さんのもとには戻りたくない」

「ええ」

「最後に本人と話す必要もない」

「ええ」

「ちょっと、探偵さん」

柚が話に割り込んで来たが、私は視線で押さえ、玉寄麻理子との会話を続ける。

「どうでしょう、和馬さんとはもうこれっきりでいいんですか？」

「ええ」

「それとも、最後に会って話しておきたい？」

「ええ、そうね」

「なるほど」

会話を止める。麻理子はこちらの意見をただ肯定するだけで、自分の意見は何も言わない。当然話は矛盾してゆくが、彼女自身はその矛盾に気づいていない。会話など、どうでもいいのか、それとも自分の意見を言う事を放棄してしまっているのか。

「探偵さん、もういい？」

柚が心配そうに麻理子を見つめる。

「ああ。で、向こうに戻れば、君たちは安全なのか？」

「もちろん。家族がいるし、なによりあの島では、麻理子さんは宝物だから。彼女のためならみんな何でもしてくれるわ」

カフェラテを飲んでいた麻理子が視線をあげ、私の背中の向こう側を見ている。視線につられて振り向く。そこには、麻理子を見ている数名の男女の姿がある。

「あのう、城間麻理子さん、ですよね」

遠巻きに見ていた彼らの中の、緑色のTシャツを来た女性が言う。麻理子は言うべき言葉が見つからないようで、微笑みを浮かべたまま彼らを見ている。

「やっぱ違うって」

サングラスをかけた男性が小声で言う。

「城間麻理子さんじゃないですか？　私、大ファンなんです」

緑Tシャツの女性が再度尋ねる。

「ちがいますが」

知花柚が言う。

「うわっ！　ごめんなさい」

緑Tシャツの女性は「めっちゃ恥ずかし～」と友達に訴えかけながら、店を出ていく。

麻理子は、視線を手元のカフェラテに戻し、最後の一口をズズっと音をたてて飲み干す。

うつむいたその表情には、何かに戸惑っているような、困った事に巻き込まれているような、不安げな色が浮かんでいる。麻理子は飲み終えた紙カップを机の上に置くと「いつまで、ここに?」と誰にともなく言う。

その一言で心を決めた。

「柚さん。私は今日あったことは、すべて玉寄和馬に報告するつもりだ。それから、あなたと麻理子さんが私たちと別れた後に宮古島に向かうであろう、と言う私の予想も報告する」

「そう」

「ただし、それを告げるのは、明後日だ。あなたたちは明日の第一便で、宮古へ飛ぶ。費用は私に立て替えさせてもらいたい」

「そんな」

「私はまだリッチなんだ。それに、これは君へのお礼でもある」

「お礼?」

「私はあの夜の事は忘れない。今思うと、あの夜、私はずいぶんと危ういところにいた気がする。それを救ってくれたのは、あなただ。あなたの歌だ。あなたは私にとって、大事な友達なんだ」

「そう」

「友達だと思っていて、いいかな」

「もちろん」

「そうか、ありがとう」

「アタシ、探偵さんのためなら、いつでも唄ってあげるよ。それで、傷が少しでも癒えるなら、楽になるんなら、何度でも唄ってあげる」

「そうか、それは何よりうれしい言葉だ」

深く頭を下げる。

「いやだ、ジョージさん!」

知花柚が私の肩をポンポンと叩く。

「にいにい、今度宮古にきなさい」

私と柚のやりとりを見ていた城間麻理子が唐突に言う。

「にいにい。今度宮古に来て。私たちの歌、どうぞ聞いてください」

麻理子が大きな笑顔を私に向ける。

「ありがとう」

そう言うのが精一杯だった。

翌日の七時半、私と桃原繁は、那覇空港の送迎デッキで、知花柚と城間麻理子を乗せた宮古行きの小型ジェット、ボーイング737を見送った。

前日の夜、私たち四人は、那覇の夜をおおいに楽しんだ。スターバックスの後で、お腹がすいたという柚と城間麻理子、それに私と桃原繁の四人は、もう一度国際通りを渡って桜坂まで歩き、つぶれた映画館の隣にある〈インド〉という名の料理屋へ行った。古い沖縄建築の民家を改造したこの店は、名前の通り、本格的なインド料理がウリで、私たちはチキン、マトン、エビにほうれん草と四種類のカレーをとって、それぞれを小皿にとって味比べをした。

「お酒、飲みたい」と柚が言ったので、私たちはすぐ近くの桜坂〈エロス〉へと向かった。店の名前はきわどいが、穴蔵のような狭い店内では、音楽好きの無口なマスターが、六十年代から八十年代のいかしたロックを、夜な夜な大音量で流している。私たちはこの店で、最初はオリオン、すぐに店オリジナル島酒に切りかえて、調子よく飲み、かつ唄った。

マスターがその夜かけてくれたのは、いずれも七十年代から八十年代初頭のハードロックで、知花柚はそれで一気に解放され、次から次へと歌いまくっていた。三十分後には、酒のおかげでいつもの冷静さをすっかり失った桃原繁も一緒になり、二人で肩を組んで立ち上がり「デトロイト・ロック・シティ」を唄っていた。

城間麻理子は、知っている曲は時々小さな声で口ずさんでいたが、それ以外はただニコニコ笑ってグラスを空けていった。エロスには、私たちの他に、数名の常連客がいた。彼らはプライベートを楽しむ元スター歌手に無関心を装うだけの、優しさを持っていてくれる人たちだった。それでも、彼女の座っている場所が、その夜の不思議な興奮の中心地であることには変わりはなく、店にいた誰もが、今宵は何かが特別だと感じていた。

私はと言えば、この歳で新しい友達ができたことがうれしく、また頼もしくもあり、上機嫌で酒を飲んでいた。そして、彼らと一緒にいるこの時間がかけがえの無いものに思え、それを台無しにしないよう、島酒をたっぷりの水で割って飲む事も忘れなかった。

早朝の那覇空港まで私と桃原繁が同行したのは、見送りの意味もあったが、ランディ金城を警戒してのことでもある。結局彼らは姿をあらわさずに、知花柚と城間麻理子は私たちと笑顔で別れの言葉を交わす。

「面白かったね」

知花柚が屈託のない笑顔で言う。

「探偵さんと初めて会った日の、追いかけっこ」

「あれか」

「今でも覚えてる。カラオケ歌ってた親父のびっくりした顔」

「なあ、一つだけ教えてくれ」

「なに？」

「どうやってランディ金城のところを逃げ出した？」

「閉じ込められていた部屋にベッドがあったの。毛布の下に枕を入れて、頭のところにあの白いウィッグを置いて、ドアの裏に隠れたの。私が寝てると思って奴らが入って来た時に入れ替わりに外に出て、そのまま外から鍵をかけたの」

「なかなかやるな」

「ね、探偵さん、私のこと助手にしてくれる？」

「仕事になると、楽しかないぜ」

「考えておいて」

知花柚がすっと右手を出して、握手をもとめて来る。彼女の小さな手を握る。柚は私の目を見て「じゃ、また」と言って少しだけ微笑む。私も笑顔で頷く。

握っていた私の手を離すと、柚はくるりと振り向き、城間麻理子のもとへと子犬のように走ってゆく。城間麻理子は私たちに小さく会釈して、優雅ともいえる足取りでセキュリティゲートを通り、柚とともに乗客待合室へと姿を消す。

こうして玉寄和馬から受けた仕事は終わった。二人を見つけることはできたが、あとの足取りを見失ってしまったので、私の仕事は失敗した。

9

コザ、園田公民館裏の太田又造の家で、私はすでに二時間、息子の嫁の悪口を聞かされている。名護に住んでいる息子は、又造と同居したいと思っている。嫌がっているのは嫁で、彼女こそが、又造に降りかかるさまざまな不幸の元凶なのだという、まぁ突き詰めればそう言う内容の愚痴を、又造は飽きずに繰り返している。

話の途中で又造は、私が持参した菊の露の一升瓶の栓を開け、「つきあえ」としつこく迫る。あまり近づくと、強烈な臭気に鼻が曲がりそうになるので、風の通る縁側に斜めに腰をかけたまま、茶渋のついた湯のみで、泡盛を飲む。

さんざん愚痴につきあった後で、私はいい加減酔っぱらい、連日の寝不足のせいで眠くもなり、太田家を辞去することにする。菊の露の一升瓶は、早くも半分空になっていて、私のシャツにも、又造の体臭が染みついてしまった。

「今日はこれで」

又造の話が一区切りついたところで、縁側から立ち上がる。

「帰るのか」

又造が濁った目で私をじろりと見る。

「また来ますから」

庭のガジュマルの樹の方へと歩き出す。

「もう、来る気はないのだろう」

又造に図星をつかれ、しょうがなく微笑む。

「たえは、ワシの姪じゃ」

又造が突然言った。私の微笑みが凍り付く。

「かわいそうに。あの子の父親も母親も、二人いた、にいにいもみなガマの中で死んでしもうた」

　私は縁側に戻ると、そっと腰を下ろす。

「嘉数台地でのことじゃ。あの子だけが、ガマに入り遅れて、わしらの家族と園田に残っておったんじゃ」

　又造が湯のみを見つめている。

「かわいい子じゃったよ。赤い絣を着ててな。しばらくは父さん、母さんはいつ帰ってくるのと、五分おきにわしらに聞いては困らせてな。そのうち、子供心にもみんなは帰ってこないと分かったんじゃろう、何も言わなくなった。それからずいぶんと無口な子供になって」

「そうでしたか」

「十二のころにはわしらの家を出て、一人で住むようになったんだ。覚えとるよ。最初は胡屋の料亭で仲居をしておった。最初の給料で、わしら家族全員にソーダ水をごちそうしてくれたんだ。わしも子供三人抱えて精一杯だったから、結局何もしてやれんでな。何年かたってから、そこの、吉原で働いているという噂は聞いたが」又造はそう言った後で、しばらくうつむく。

「素直な、優しい子じゃった。なのに、何もしてやれんかった。ソーダ水をごちそうしてくれたのにな。ワシは、あの世に行っても、兄貴に、あの子の父親に会わせる顔がないさ」

「そうですか」

「あのころのことは思い出したくないんだ。今でも畑の真ん中で大きな声が出るよ。あのころを後悔してな」

ガジュマルの葉をならしながら、西風が庭を通り抜ける。今時珍しい木枠のガラス戸が、がたん、がたんと鳴る。

「たえから、一度だけ葉書をもらったことがある」

又造が、目の前のちゃぶ台に置いてあった、茶褐色に変色した絵葉書を私に手渡す。

「今日、これを渡そうと思ってな。あれからずいぶん探したんじゃ」

「ありがとうございます」

「用が終わったら、返してくれな。大事な、大事な葉書じゃから」

「もちろんです」

「ほら、もう行け。仕事があるんだろう」

「あ、はい」

私は言って縁側から立ち上がる。

「葉書を返しにくる時に、もう一本、な」

又造が傍らに置いた一升瓶の肩の辺りを、ぽんぽんと叩く。

「忘れません」

私は笑顔で太田家を後にする。太田又造の家の裏にある公民館から、エイサー太鼓の音が力強く聴こえている。


園田からの帰り道に喜屋武を訪ね、支社近くの喫茶店に向かう。〈原点〉というこの店は、一日中豆を煎るいい香りがしていて、カウンターに座っただけで、気分が休まる。

私はブルーマウンテンを、喜屋武はブレンドを頼み、相談を聞いてもらう。喜屋武は私の質問に的確なアドバイスをくれ、分からないことは社で調べてから電話する、と約束してくれる。

「切ない話だな。よかったら、記事にさせてくれないか？」

天願孫良と太田たえの話を聞いた喜屋武が言う。依頼人に聞いてみると約束して、店を出る。

部屋に帰り、又造に借りたたえの葉書、喜屋武からのアドバイス、私の推理をすりあわせて、これからの方針を考える。その日の午後と、翌日いっぱい調べものをした後で、天願孫良に電話をして、明日の午後伺う、と伝える。同じ日の午前中には、玉寄和馬との面会を予定している。私は二つの事件に、ようやく決着をつけようとしていた。

宜野湾の玉寄・ロケーション・サービスの社長室で、私は玉寄和馬と二人きりで話をしている。港で張り込みをし、麻理子を見つけたこと。麻理子は和馬のもとには戻らないといい、その場を立ち去ってしまったこと。自分は警官ではないので、彼女の行動を束縛することはできず、そのまま行かせざるを得なかった、ということ。麻理子と会話を交わした感触では、故郷の宮古島に帰ったのではないか、といった私の推測を、和馬に伝える。

多少の脚色と省略はあったが、大筋では事実を話す。話を聞いた玉寄和馬は、しばらく黙り込み、何事かを考えている。ビルのどこかでダンスレッスンが行われており、英語でカウントをとる女性の声と、それにあわせてステップを踏む音が聞こえている。

「なんで僕をその場に呼ばなかったの?」

和馬が私のすぐ横を見る。

「私の仕事は、彼女を見つけることです。彼女の居場所が特定できたところで、私はあなたにその場所を教えます。その後の話し合いについては、当人同士、もしくは法的な代理人、つまり弁護士などをたてて話し合いをする、というのが順序です」

探偵の基本的な役割を説明する。

「せめて私が行くまで引き止めておくぐらいできたでしょ」

「彼女が『行く』と言えば、行かせるしかありません。警官でさえ、本来は裁判所が出した捜査令状がなければ、誰かの自由を奪う事はできません」

「建前はそうだけど」

「建前も、本音もありません。もしそういう基本的な社会の約束を守らないのなら、それはあのランディ金城たちと同じ、ということになります」

「そんな」

「私はヤツらとは違う。とにかく、私の仕事は失敗しました。一度見つけた麻理子さんを、今は完全に見失っています。大変申し訳ないと思いますが、こういう事もあるのです」

「引き続き、探したまえ」

和馬が言う。

「クビに縄をつけてでも、ここに連れて来るんだ。君にはその義務がある。君自身が、これだけいろいろなことに巻き込まれている。今さら見つけられませんでしたじゃ済まないはずだ」

黙って和馬の顔を見る。和馬は私の顔の少し横を見て「金なら、もう少し出してもいいと思ってたんだ」と続ける。

「金の問題ではありません」

この会話が不毛だと感じている。

「とにかく彼女を探したまえ。それが責任ってもんだ」

「責任？　何に対する責任です？」

「私だよ。決まっているだろう。いいの？　金貰えなくても？」

「結構です」

「何だって？」

「支払いは結構です」

「なんだい、偉そうに」

「探偵には雇い人を選ぶ自由があります。我々の仕事に、法的な便宜も、国家の保護も何も無い代わりに」

「何を言ってるんだ。ケチな探偵風情が」

「私はこの仕事を続けるつもりはありません」

私は言って立ち上がる。社長室を出るとき、振り向いて和馬の顔をまっすぐに見る。

「なんだよ?」

不意をつかれた和馬が、私の顔を見る。

「なぜ、そこに座っている?」

和馬は黙っている。

「彼女のことが本当に大事なら、本気で失いたくないのなら、あなたは一人で宮古に行って、彼女ととことん話し合うべきじゃないのか? 今、すぐに」

玉寄和馬は、私に合わせていた視線をゆっくりと私の右側の壁に移す。ダンサーたちの足音が大きくなる。私は静かに社長室のドアを閉める。

10

ナハテラス一〇〇一号室は、外の喧噪とうだるような蒸し暑さとは完全に隔絶され、静かさと、涼しく乾いた空気で満たされている。天願孫良は、二週間前に初めて出会った時と同じ、真っ白なワイシャツに、グレイのスラックス、黒い革靴を身につけている。

天願は、報告が遅れた事への、私の詫びの言葉を背中で聞きながら、二週間前と同じように、コーヒーを自ら煎れてくれる。

「一度にいろいろな事が起きてしまって、報告が遅れてしまいました。申し訳ありません」

天願孫良の背中に言う。天願は白いカップを両手に持って応接セットに歩いてくると、机の上にそっと置く。たちまち香ばしい香りに包まれる。

「なに、いいさ。こうして結果を出してくれたんだから。信じて待っていてよかったよ」

天願は自分のカップを取り上げて、漆黒の液体をそっと口の中に含む。軽く会釈して、真っ白な陶磁器のカップに口をつける。忘れていた快感が、すぐに蘇って来る。やはり、ほかで飲むコーヒーとは別物だ。

「うーん、うまい」

正直に感想を言う。

「あれからいろんな店でコーヒー、試したんですよ。でも、これが一番うまい」

天願が当然という表情で頷く。

「那覇から首里へと抜ける県道沿いに、沖縄県立公文書館、という公共施設があります」

カップをテーブルに戻し、話を切り出す。

「機能的には図書館に似ているのですが、そこに保管されているのは、一般図書ではなく、名前のとおり、公文書です」

「公文書？」

「帝国政府、日本軍、アメリカ軍、琉球政府、沖縄県、それぞれの時代の、それぞれの統治者たちが、発行し、収集し、整理整頓した書類が、そこにあります」

「なるほど。公文書か」

「昨日、公文書館へ行き、天願孫良さんがブラジルに渡った正確な日付を調べてきました」

「そんなもん、わかるのかね」

「知り合いの新聞記者に教えてもらったのですが、琉球政府公文書の中に、移住者原簿、というのがあります。原簿を作ったのは、琉球政府社会局移民課、というところです。それを見れば、その年の何月に、なんという名前の人が、どこの国へ移住していったのかが分かります」

「ほう」

「移住者原簿は、その中身を、本人もしくはその家族以外の人物が見る事はできません」

「そう」

「原簿に付随して、移住する人が琉球政府から借りた借金の額、一緒に移住した家族の名前や年齢といった個人情報が、すべて分かってしまうからです。ただし、誰の移住者原簿が公文書として保存してあるかということだけは、コンピュータで検索できます。私はコンピュータに、天願孫良、と入力してみました」

「なるほど。で？」

「ありました。天願孫良、一九六〇年、十月十二日。沖縄産業開発青年隊移民、と書いてありました」

「そうか。あったか」

「そして、私はもう一度、そのコンピュータに別の人の名前を入力しました」

「別の人?」

「はい。コンピュータに、こう入力しました。太田たえ、と」

「まさか!」

「一瞬で、彼女の移住者原簿が公文書として保管されていることが確認できました。行き先は、ブラジル。一九六一年、四月のことです」

「私の、私のあとを追ったのか!」

「そうです。そのことを私に教えてくれたのは、太田たえさんのおじさんで、太田又造、という方です。そして、これが、たえさんがブラジルへ行く船の中で又造おじさんに書いた、たった一枚の絵はがきです」

持参した茶褐色の絵はがきを、机の上の真っ白なコーヒーカップの隣に置く。絵はがきを眺めていた天願孫良が、「すまんが、読んでもらえんか。このところ目が遠くなって」と私に言う。

「分かりました」

はがきを手に取り、声に出して読む。

「ハイケイ　オジサマ　オバサマ　ソシテ　オオタケノ　ミナサマ。

タエハ　マスマスゲンキデ　ガンバッテイマス。
アトスウジツデ　オフネハ　ハワイジマニ　ニュウコウヨテイ。
キットキット　コノテガミガトドクヨウ　オイノリシテ　トウカンイタシマス。
ブラジルデ　タエハ　キットシアワセニナリ
ミナミナサマノゴオンニ　カナラズヤ　ムクイルカクゴデ　ゴザイマス
ソレマデ　ミナサマ　ドウカ　オスコヤカニ　オスゴシクダサイ
トオイ　ナンヨウノ　ウミノウエカラ
オオタ　タエ　カシコ」
「なんと！　彼女はブラジルへ渡ったのか。でも、どうして、どうして私のところへ来なかった？　一九六一年なら、私はまだサンパウロにいたはずだ。あそこの、サンパウロの日本人社会で私のことを聞いてくれれば、絶対に、絶対に会えたはずなのに」
天願がソファから立ち上がり、部屋の西側にある大きな窓ガラスの前に歩いてゆく。
「実は、手紙にはまだ続きがあるんです」
「続きが」
「ここからは、筆跡が変わっています。書き手が変わったのです。読みます」

もう一度はがきに目を落とし、続きを読む。

「当方、ブラジル丸一頭航海士、坂上公雄、と申します。さる六月二二日、ハワイ諸島沖において、葉書の差出人、太田たえどのは、赤痢のために船室にて死去なされました。ご遺体は、万国航法、および衛生上の理由から、最大級の敬意をこめ海葬にて葬らせていただきました。ご親族に置かれましてはさぞやご無念のことと存じ上げますが、まずは取り急ぎ、第一報を、ご本人様ご投函の葉書にてお知らせ申し上げます」

「なんという、なんということだ」

天願は窓に向かったまま、長いこと絶句している。部屋の中は相変わらず静かで、涼しい空気で満たされている。私はもう少しだけ、報告を続ける。

「絵はがきの写真がブラジル丸だそうです。古い新聞記事を調べてみました。この年、中南米への航海の途中、ブラジル丸の船内で集団赤痢が発生し、ロサンジェルスに寄港するまでに、十二名の方が亡くなったそうです」

「そうか」

ようやく口を開いた天願の声が、かすれている。

「ブラジルにたつ直前に、たえさんは、叔父の太田又造さんと、コザの料亭で食事をしたそうです」

「そう」

「たえさんは、自らのブラジル行きをとても喜んでいて、そして、あなたとの、天願孫良さんとの再会を、なによりも楽しみにしていた、いうことでした」

「そう」

天願の背中が震えている。

「最後に、三線を弾いて、歌を唄ってくれたそうです。たえさんが、最後に唄った曲は、十九の春、だったそうです」

天願孫良は、声を出すまいとしている。彼の背中に深く一礼すると、しばらくの間、部屋を出る。

ドアを閉めようと振り返ると、一人ぼっちで過去と向き合う天願孫良の遥か彼方、群青色の東シナ海に、巨大な熱球と化した太陽が、没してゆくところだった。

11

ここ数日、ずっと見送り続けていた那覇発、宮古行きのボーイング737に、私と桃原繁、そして天願孫良の三人が搭乗することになったのは、天願がブラジルに帰る前の週だった。

十九の春を聴いてみたい――

という天願からの電話に、すぐに思いうかんだのが、知花柚と城間麻理子の顔だった。

「宮古に歌の神様がいるのですが」

私の誘いに、天願孫良はその場で宮古行きを決めた。麻理子の大ファンだという桃原繁も含めた私たち三人は、JTAの機内でシートベルトを締め、座席の背ポケットに入っている「コーラルウェイ」を眺めている。

三十分のフライトで宮古島に到着し、ホテルにチェックイン。午後六時にロビーで再集合し、宮古の繁華街、平良市へとタクシーで向かう。

知花柚は、店の前の路地に出て、私たちのことを待っていてくれた。我々のお目当ての〈民謡パブしろま〉は、城間麻理子の母親が経営している昔ながらの民謡酒場で、年期の入ったコンクリートの建物は、それでもこまめに手が入れられており、レモンイエローの壁の色と、店の前のアカバナーとが、すばらしいコントラストを見せている。

店が開くまで、まだ一時間ほどの時間があるというので、私たちは同じ路地でうまそうな匂いを換気扇からまき散らしている中華料理屋に入り、小腹を満たしておくことにする。

店中の窓という窓をすべて開け放した店の中で、私たちはシジミの紹興酒漬け、皮蛋豆腐、棒棒鶏などをつまみに、オリオンの瓶ビールを次々に空ける。ときおりふと匂う潮の香りが、ここが港町であることを思い出させてくれる。

「初恋の人とお会いになれなくて、残念でした」

我々につきあってビールを飲んでいた知花柚が、天願孫良に言う。

「そう。悲しいことでした。再会を長いこと楽しみにしていましたから。でも、帰ってきてよかった。久しぶりに帰って来たおかげで、こうしていろいろな人とふれあう事ができ、すばらしい思い出ができました」

天願が静かな笑みを浮かべる。

「ジョージさんに聞いていたので、お祈りしてたんですよ。もう一度二人を会わせてくださいなって」

「どうもありがとう。でも、本当に、今はこうやって若いみなさんと、宮古島でおいしいビールを飲んでいる。この出会いこそ、私にはとても大切な時間のような気がします」

「ならよかった。一生懸命、唄いますから、聴いていてくださいね」

「楽しみにしています」

孫良は柚に笑顔で会釈する。

照れくさそうな笑顔を浮かべていた柚は「いけね！　そろそろ行かねば」と言って席を立ち、「探偵さん、来てくれて本当にありがとね！」と言って私に投げキッスをして店を出て行く。

上機嫌で中華料理屋を後にし、路地を歩いて民謡パブしろまへと向かう。空を見上げていた桃原繁が「そうか、今夜は七夕だ」とつぶやく。つられて見上げた宮古の夜空には、何億もの星雲が作り出した天河原《てぃんがーら》が、夜空にくっきりとあらわている。

宮古、八重山、本島の島歌を、時には華やかに、時にはしみじみと聞かせながら「民謡パブしろま」の夜はふけてゆく。唄うのはもっぱら知花柚で、城間麻理子はステージの奥で三線を弾いている。歌の方は、たまに合いの手をいれる程度であったが、それでも伸びやかな声は、客席を振わすほど力強い。

数曲唄った後で、知花柚が「では、一九の春を」と告げる。それまで客席でニコニコ笑って演奏を見ていたおじいがおもむろに立ち上がると、そのままステージにあがり、椅子の上に置いてあったバイオリンを構え、そして弾きだす。哀切に満ちたバイオリンの音に続き、椅子から立ち上がった城間麻理子の三線が、宮古独特の、歯切れのいい弦の音を聴かせる。最後に、低く、迫力のある知花柚の歌が客席中に響き渡る。

私があなたに 惚れたのは
ちょうど十九の 春でした
いまさら離縁と 言うならば
もとの十九に してておくれ

一番を唄ったところで、知花柚は感極まり、涙が止まらない。城間麻理子がすっと前に出て来ると、柚を抱きかかえるようにステージに立ち、二番を自らが唄いだす。

もとの十九に するならば
庭の枯れ木を 見てごらん
枯れ木に花が 咲いたなら
十九にするのも やすけれど

柚が言っていた意味がよくわかる。城間麻理子の歌声の魅力は、迫力や美しさといったものだけではない。歌に、情感が溢れている。
彼女の口から発せられるすべてのことばには、非常に生々しい感情が込められていて、その感情が、聴き手の心をわしづかみにし、離さない、そんな痛切な歌声だ。

見捨て心が あるならば
早くお知らせ 下さいね
歳も若く あるうちに
思い残すな 明日の花

ようやく落ち着きを取戻した知花柚が、麻理子の腕の中で唄い始める。その表情は、見ているものが微笑んでしまうほどに、幸福感に溢れている。

一銭二銭の 葉書さえ
千里万里と 旅をする
同じコザ市に 住みながら
会えぬ我が身の 切なさよ

主さん主さんと 呼んだとて
主さんにゃ立派な 方がある
いくら主さんと 呼んだとて
一生忘れぬ 片思い

人が唄うのを聴いて涙したのは、これが二度目だった。
天願孫良も、桃原繁も、素晴らしい二人の歌姫の声にすっかり心を奪われている。

奥山住まいの うぐいすが
梅の小枝で 昼寝して
春が来るよな 夢を見て
ホケキョホケキョと 泣いていた

美しい旋律に身を浸しながら、私はかつて愛したひとのことを思い出していた。強い自責の念に捕われることなく、彼女のことを思い出せたのは、その夜がはじめてだった。私の心の奥にずっと潜んでいた強い感情が、ゆっくりと淡い感傷にかわってゆく。

曲が終わった後も、熱を帯びた声の余韻が、濃密な宮古の空気を振わせている。

あとがき

祖父が亡くなって数年後。遺品を整理していると古いアナログレコードが出てきた。タイトルは「琉球フェスティバル74　日比谷野音ライブ」。その名の通り、一九七四年に日比谷の野外音楽堂で開かれた琉球フェスティバルの実況アルバムだ。出演者には嘉手苅林昌、大工哲弘、知名定男、照屋林助、国吉源次といった大御所たちの名前が並ぶ。

そのころまだ自宅にアナログプレイヤーがあったので、聴いてみた。観客の熱狂的な歓声の中、沖縄の唄者が迫力ある演奏を聴かせている。すごいなぁ、と思った。が、それきりそのアルバムを聴くことはなかった。流行りのロックやソウルの方がダイレクトに心に響いた。

それから随分と時が経ち、私は沖縄に移住した。日々の生活の中で、島唄に出会う機会が俄然増えた。陽気な祝いの席。「唐船ドーイ」でカチャーシーを踊る。夕日が水平線に沈む喜屋武のニンジン畑。ポケットのラジオから流れる「てぃんさぐの花」に涙する。三線を習うカミさんが洗い物をしながら低く歌う「娘ジントヨー」にグラスを持つ手が止まる。島唄の魅力が少しずつわかってきた。どれも毎日の生活の中に生きる歌なのだ(カミさんに感謝だ)。

小説の中に島唄を取り込んでみたらどうだろうと考え、初めて書いた小説が本編である。その後「娘ジントヨー」、「唐船ドーイ」(沖縄タイムス文芸叢書「唐船ドーイ」に収録)と続いた。後から書いた作品に合わせて、「一九の春」は、今回大幅に改稿した。懐かしい登場人物たちに再会でき、楽しい時間を過ごした。

宮古や八重山の曲を合わせれば、島唄の数は数え切れない。同じ節で歌詞がまったく違う曲も多い。しばらくはこのたくらみを続けてみようと考えている。

読者に飽きられぬことを願うばかりである。

中川陽介

一九の春　　タイムス文芸叢書 別冊

2019年2月6日　第1刷発行

著　者　中川 陽介
発行者　武富 和彦
発行所　沖縄タイムス社
〒900-8678 沖縄県那覇市久茂地2-2-2
出版部　098-860-3591
www.okinawatimes.co.jp
印刷所　文進印刷

ISBN978-4-87127-259-9　Printed in Japan
JASRAC 出 1900261-901